W

Walter Scott

日本の中のウォルター・スコット

―その作品とライフスタイルの受容

貝瀬英夫 Kaise Hideo

S

ASAHI PRESS

まえがき

十八世紀の終わりから十九世紀の初めにかけて活躍したイギリス（スコットランド）の詩人・小説家であるウォルター・スコット（Walter Scott, 一七七一―一八三二）。その名前は、他の多くの西欧の文学者たちと同様、明治期以降、日本でもよく知られるようになり、その作品もかなり日本に移入されてきた。

最初にスコットの名前が日本で知られるようになったのは、サミュエル・スマイルズ『セルフ・ヘルプ』の翻訳である中村正直の『西国立志編』によってであった。明治初年のことである。『西国立志編』に於いて、スコットは他の多くの偉人たちと共にその模範となる行動を中心に紹介され、当時の人々に大きな影響を与えた。そこでは、文学者としてというよりも、一人の立派な「偉人」として人々の記憶に刻み込まれたのである。『西国立志編』の出版とその爆発的な売れ行きに刺激されて、いくつかの類書が出た。その代表的なものが『和洋奇人傳』である。その主旨は『西国立志編』と似たようなものであった。『西国立志編』の派生的な書物と言えるが、スコットについての知識を多くの人々に広めたという点では、『西国立志編』同様、評価されるべきものであるように思われる。

この段階に於いては、スコットの簡単な「人となり」が日本に伝えられ始めたに過ぎない。ただ、その内容は、文学者スコットの生き方あるいはライフスタイルに深く関わってくるものであり、その受容は非常に重要な要素を持っていたと言うことができる。

それから少しすると、スコットの作品そのものが日本に移入されることになる。スコットの作品で翻訳されたり翻案されたりしたものは、今日までに夥しい数になる。坪内逍遥がその一部を翻訳し、オペラ「ランメルムールのルチア」にもなった『ラマムアの花嫁』を初めとして、『湖上の美人』、『アイヴァンホー』といった作品がその中でも代表的なものである。明治初期、逍遥は『ラマムアの花嫁』の翻訳『春風情話』によって、独自にスコットを吸収し、再創作した。因みに、『湖上の美人』はロッシーニのオペラにもなっている。

一方、作品を翻訳したわけではないが、スコットの作品を熟読し、詳細に分析して、自らの創作活動に役立てた作家が、夏目漱石であった。漱石は『アイヴァンホー』の一場面から少なからぬ刺激を受け、そこから独自の理論を構築して自らの創作に活用した。漱石が熟読した英文学の作家はスコットに限らず、多数にのぼるが、漱石がスコットの作品に感銘を受け、そこで用いられた独自の手法に大きな刺激を受けたことは間違いない。漱石という作家の偉大さとその影響力を考えると、漱石に与えたスコットの影響という事実が、大きな重みを持ってくるように思われる。

逍遥、漱石とも明治時代を代表する文学者であり、二人が直接、スコットの作品から多くのことを学んだことは、日本の文学史の点から言っても、また文化史の点から言っても、重要なことであると言えよう。逍遥、漱石以外にも、スコットから学び、影響を受けた日本の作家は少なくないと思われるが、本書では逍遥、漱石だけに焦点を当てて、二人がスコットから受けた影響について考えてみた。

さて、スコットが他の外国文学の作家たちと大きく異なっているのは、そういった文学作品の直接的な影響とはまた別に、スコット自身の生涯や生活ぶりのようなものも、並行して盛んに日本に紹介され、日本の文学や文化に影響を与えてきた、ということであろう。その最初の媒体が中村正直の『西国立志編』ということになる。

原著であるサミュエル・スマイルズの『セルフ・ヘルプ』は、日本のみならず世界中で翻訳され、広く世界の人々に影響を与えたが、『西国立志編』も明治時代そしてその後の時代を通して、長きにわたって日本人に読まれ続けた。現在でもその原著『自助論』の翻訳を見ることができる。スコットの「人となり」はその作品群の紹介・翻訳と言わば並行して、日本に於いても少なからぬ影響を与え続けているわけである。

文学の世界に於いて、作家たちの著名な作品が翻訳・紹介されるのは至極当然のことであるが、それと並行して、その生涯やライフスタイルが様々な形で日本に紹介されてきた文学者というのは、考えてみると非常に珍しい例ではないだろうか。本書は、そういった二つの側面に注目して、日本に於けるスコット受容の状況を探ろうとするものである。

本書の構成について、概観してみる。

まず第一章で、明治期以降、日本がスコットを受容してきた経緯を辿る。スコットは明治期から現代に至るまで、様々な形で紹介・翻訳されてきたが、その全体像を概観することによって、今日までのスコット受容の傾向とその意味を捉えようとするものである。

第二章では、スコットと中村正直の『西国立志編』の関係を中心に考察する。『西国立志編』は、その影響の大きさを考える時、日本の文化史の上で非常に重要な書物である。その中でスコットがたびたびとり上げられているということは、とりも直さず、スコットが日本文化の中に浸透していくにあたって、非常に大きな役割を果したということに他ならない。また、『西国立志編』の類書である『和洋奇人傳』をとり上げ、その中でスコットがどのように扱われているかを見る。さらに、『西国童子鑑』など、スコットが紹介されている他の書物についても概観する。

第三章及び第四章では、スコットが坪内逍遥にどのような影響を与えたのか、そして逍遥はスコットの作品をどのような形で吸収・再創作したのか、ということについて述べる。特に第四章では、スコットの『ラマムアの花嫁』と逍遥の『春風情話』の関係を詳細に分析した。明治初期に於けるスコット作品の受容に果たした逍遥の大きな役割を認識することができるであろう。

第五章では、スコットが漱石にいかなる影響を与えたのか、そして漱石がスコットの作品の技法、具体的には『アイヴァンホー』の一場面に於ける技法を、どのように吸収したのか、ということについて論じる。国民的作家として漱石は日本人に大きな影響を与え続けているが、その創作活動に於ける技法という点で、スコットが漱石に確かな影響を与えたことを跡付けることにする。

最後に、第六章では、スコットの生活ぶりやライフスタイルに焦点を当てて、近年それが日本にどのような形でとり入れられ、どのような影響を与えてきたのか、ということについて考えることにする。具体的には、第二章でとり上げる『西国立志編』等によっても明らかにされるスコットの経歴の二重性に着目し、さらにスコットのライフスタイルを紹介した渡部昇一やP・G・ハマトンの著作が果たした役割や意義について考察する。

◉目次

第一章

ウォルター・スコット受容の歴史

1　スコットの受容

ウォルター・スコットが初めて日本に紹介されたのは、いつの時代であろうか。現代に於いて、スコットは日本でもよく知られた詩人・歴史小説家であり、数種類の世界文学全集の中にもその作品が収められてきたのを始め、その詩や小説は、明治時代以来たびたび紹介・翻訳されてきた。従って、日本の文化や文学にも少なからぬ影響を与えてきたことは間違いない。

しかし、これまでスコットの日本への受容に関わる事情や過程が十分明らかにされているとは言い難いのが実情である。先行研究は少なく、柳田泉の明治文学に関する研究や本間久雄の「スコット移入考」などがあるのみである。あとはスコットの個々の作品の翻訳についての簡単な紹介が見られるに過ぎない。

この章では、スコットが日本に紹介されたり、その作品が翻訳されたりしてきた事情について、時代を追いながら再検討し、さらにはスコットとその作品が日本の文化や社会にどのように受け入れられたのかということを、考察してみたい。

2　明治維新前後のスコット

明治時代以前にスコットの作品が日本に紹介されたという記録については、残念ながら確認することができない。

江戸時代の鎖国が長く続いた後、幕末になって開国の気運が高まり、蘭学と共に英学も盛んになる。この時期には、文法などを扱った多くの語学書が発行されている。この時期の英学の発展が明治時代に於ける西洋文学の受容の基礎になったことは、疑いない。このあたりの事情については、惣郷正明の『日本英学のあけぼの』（開拓社、一九九〇年）に詳しい。

江戸幕府による英学教育は、一八六二年、洋書調所に於いて始められるが、それとほぼ時を同じくして、ヘボン塾や攻玉社等の私塾でも英学教育が始められた。また、全国各藩の藩校でも同様の教育が始められている。この時期には数百点以上の英学資料が出版されたと言われている。その主なものは、英語の文法や会話の教科書であるが、その他に様々な分野の教科書もリーダーとして使用されていた。

「初期日本英学資料集成」には、この時期の多くの英学関係の出版物が収められている。

これは、三五ミリマイクロフィルム三四リールから成るもので、原本は若林正治氏（春和堂）他が所蔵されている。また、内容の分類は、1．辞書、2．文法、3．音韻・文字、4．単語、5．会話・書簡、6．読本、となっている。この中のリーダーにはイギリス史やイソップ物語なども収められているが、その中にスコットの作品を確認することはできない。

また、静岡県立中央図書館には、蕃書調所、洋書調所、開成所、昌平坂学問所など様々な変遷をたどった徳川幕府の公的機関の旧蔵書の一部が「葵文庫」として収蔵されている。その所蔵目録に目を通すと、哲学、歴史、伝記、芸術、法律、自然科学など、あらゆる分野の洋書が収められていることがわかる。言語としては英語が最も多いが、フランス語やドイツ語の書籍もある。

文学関係はあまり多くないが、その中には一般文学講義や英文学関係の書籍も若干含まれている。例えば、サミュエル・ジョンソン（Samuel Johnson）についての研究書や、ロレンス・スターン（Laurence Sterne）の『トリストラムシャンディ』（*Tristram Shandy*）、そしてジョージ・L・クレイク（George L. Craik）の『英文学及び英語の歴史の提要』（*A Manual of English Literature, and of the History of the English Language*）などである。この英文学についての研究書は一八六五年にロンドンで出版されたものである。しかし、この葵文庫にもスコットの作品は所蔵されていない。

幕末の洋学については、沼田次郎『幕末洋学史』(刀江書院、一九五〇年)や惣郷正明『洋学の系譜―江戸から明治へ』(研究社出版、一九八四年)等に詳しいが、これらを見てもスコットの名前はもちろん、イギリスの小説に関する記述を確認することはできない。当時は英和辞書や実用書などの導入が限度であり、英文学の紹介にまでは至らなかったということが推測される。

以上見てきた資料や文献の中にスコットの著作が収められていないことだけを以て、幕末にスコットの作品が全く日本に紹介されていないと断定するには、多少の危険があるかもしれない。しかし、その可能性が極めて少ないことは、否定できないであろう。ただ、先に挙げたクレイクの英文学史の中にスコットの主要な詩作品についての説明があるので、同書を読んだ先人がいるとすれば、スコットについても知ることになったはずであるが、これはあくまで推測の域を出ない。

さて、明治時代になると、完全に鎖国が解かれ、西洋の文物が一挙に輸入され始める。まさに文明開化の時代の到来である。「欧化政策」や「脱亜入欧」のスローガンの下に、政治や経済の面だけではなく、ヨーロッパの文化を積極的にとり入れようとする傾向が強まった。

さて、スコットの初期移入に関する論考として、本間久雄の「スコット移入考」（『明治大正文学研究』、第一五号（東京堂、一九五五年））がある。これは、同誌に毎号連載されていたシリーズ「明治文学随筆　冬扇録」のうち、同号に掲載されたものである。分量は五ページ弱で、正確には論文というよりは随筆であるが、その内容は示唆に富んでいる。

本間久雄によれば、作家としてのスコットの名前が我が国に伝わったのは、明治四、五年の頃であった。即ち、一八七一年（明治四年）の『西国立志編』（中村正直訳）、一八七二年（明治五年）の『和洋奇人傳』（山々亭有人（条野孝茂）著）、一八七三年（明治六年）の『西国童子鑑』（中村正直訳）の出版によるもので、これらの書物の中にスコットについて述べた部分が見られるのである。

「スコット移入考」では、このうち『和洋奇人傳』について多少詳しく述べられているが、『西国立志編』については『和洋奇人傳』との関連で少し触れられている程度であり、『西国童子鑑』については全く述べられていない。本書では、第二章で『西国立志編』、『和洋奇人傳』、『西国童子鑑』、さらにその他の類書についても、詳しく見ていくことにする。

3　明治時代初期の英文学

こうした流れの中で、英文学を初めとした西洋文学も、当然のことながら盛んに紹介されたり翻訳されたりするようになる。これは、それ以前には全く見られなかった文学史上に於ける大変動であり、日本近代文学に大きな影響を与えることになった。明治五年にダニエル・デフォー（Daniel Defoe）の『ロビンソン・クルーソー』（*Robinson Crusoe*）の翻訳、明治八年にウィリアム・シェイクスピア（William Shakespeare）の『ハムレット』（*Hamlet*）の翻訳が出たのを初めとして、多くの作家やその文学作品が次々に日本に紹介され始めたのである。

特にこの時期に於いて、シェイクスピアの翻訳は圧倒的に多く、他作家に大きく差をつけている。やはり、シェイクスピアの人気やその卓越した作品群が当時の日本でも受け入れの大きな要因になっていたことが容易に考えられる。

因みに、明治一〇年頃までは西洋文学の紹介に於いて国家別の意識はほとんどなく、総体として英国のものとして紹介されていたようである（柳田泉『明治初期翻訳文学の研究』（『明治文学研究』第五巻、春秋社、一九六一年）、一七一ページ）。

英文学全般の紹介としては、フランス人テーヌ（Hyppolyte Taine）の『英文学史』（一八六四）の英訳がある。同書は本格的な英文学史として明治元年の出版以来、定評があった。同書が日本に於いて英文学全般の羅針盤のような役割を果たしたことは、想像に難くない。

英文学作品の普及は、もちろん書籍の輸入によるものであった。それらの原書は一般庶民の目に触れる機会は極めて少なかったと思われるが、多くの文人やいわゆる知識人たちがそれらを読む機会を得ることになった。また、完全な形とは言えないまでも一応翻訳によって、一般庶民も様々な英文学作品に触れる機会を得たことは、非常に重要なことであると言える。そしてスコットの作品もその対象となったのである。

スコットの作品は、他の英文学作品と同様、丸善書店などの洋書輸入業者を通して輸入された。丸善は一八六九年（明治二年）創業の老舗であり、明治以降の西洋の文化・学術の紹介に果たした役割には大きなものがあった。

なお、丸善の創業時の事情については、『丸善百年史　資料編』（丸善、一九八一年）に詳しく述べられている。明治初期に、横浜、日本橋、大阪、京都、名古屋に次々に出店した。ただ残念ながら、その中の「輸入洋書目録メモ」には、大正時代の初めから昭和一六年頃までの輸入洋書しか掲載されていない。

因みに、当時の洋書輸入業者として丸善の他に大阪に「荒木和一洋書店」があったとされているが、どのような洋書を扱っていたのか、詳細については不明である。

4　明治時代前半のスコット作品の紹介・翻訳

イギリス本国では一八三〇年代くらいからスコットの小説全集が相次いで出版されるようになる。平均すると、大体二年に一度の割合で頻繁に出ていることがわかる（*The Cambridge Bibliography of English Literature* (Vol.4, 1800-1900, Edited by Joanne Shattock, Cambridge University Press, 1999), pp.995-996.）。個々の小説作品は、文字通り枚挙に暇がないほど多くの版が出ている。これらの書籍が丸善などを通じて次々に輸入され、普及していったわけである。しかし、明治一〇年くらいまでは、スコットの作品そのものが読まれたり翻訳されたりすることはなかった。スコットが翻訳されるようになったのは、明治一〇年代になってからのことである。

スコットの作品を日本で初めて翻訳したのは坪内逍遥（一八五九―一九三五）である。

逍遥は一八八〇年（明治一三年）、友人の兄である橘顕三という人物の名前を借りて、『ラマムアの花嫁』（*The Bride of Lammermoor*, 一八一九）の一部を翻訳して『春風情話』として出版した。従って、逍遥が初めて翻訳の出版という形で、スコットの作品を日本に紹介したということになる。

なお、スコットと逍遥の関係、スコットの『ラマムアの花嫁』と逍遥の『春風情話』の関係については、それぞれ第三章、第四章で詳細に述べることにする。

因みに、明治時代初期には、スコットに限らず英文学の作品が盛んに翻訳され始める。一八七二年（明治五年）にはデフォーの『ロビンソン・クルーソー』の翻訳『魯敏孫全傳』が齋藤了庵訳で香藝堂から出版される。ただし、蘭訳からの重訳であった。

一八七五年（明治八年）にはシェイクスピア『ハムレット』の翻訳である『「葉武列土」筋書』が假名垣魯文訳で出る。これは同年九月七日から一〇日の「東京平假名絵入新聞」に掲載された。

一八七六年（明治九年）にはバニヤン（John Bunyan）の『天路歴程意譯』が村上俊吉訳で出る。これは同年四月一四日から明治一〇年八月二四日までの「七一雑報」に掲載された。ただし、漢訳からの重訳であった。

一八七七年（明治一〇年）にはシェイクスピア『ヴェニスの商人』の翻訳である『胸肉の奇訟』が出る。ただし、無署名のため訳者は不明である。同年一二月の「民間雑誌」に掲載された。

一八七八年（明治一一年）にはブルワー・リットン（Bulwer-Lytton）の『アーネスト・マルトラヴァース』（*Ernest Maltravers*, 一八七三）の翻訳『歐洲奇事　花柳春話』が織田純一郎訳で出る。出版元は坂上半七であった。

なお、明治初期の英文学の翻訳については、『明治文學全集』7「明治飜譯文學集」中の「明治飜譯文學年表」（筑摩書房、一九七二年）を参考にした。

このように、まさに枚挙に暇がないほど次々に英文学の翻訳が出版されるのである。この時期はまさにイギリスの翻訳文学が花開いた時代と言うことができる。

逍遥はさらに、一八八四年（明治一七年）、スコットの詩集『湖上の美人』（*The Lady of the Lake*, 一八一〇）を『泰西活劇春窓綺話』という題名で翻訳した。ただし、全体の三分の二が逍遥の訳、残りが高田早苗の訳である。高田が訳し始めたものに逍遥が翻訳を追加したものである。

一八八五年（明治一八年）にはスコットの『祖父の物語』（*Tales of a Grandfather*）の抄

訳が『壽其徳（スコット）奇談』という題で出る。訳者は横山鉼呂久で、内田弥八によって出版された。

スコットについて言えば、日本の最初の読者であるとは言えないものの、やはり逍遥が最初のスコット作品紹介者であり、スコット作品翻訳のパイオニア的存在であることは、明らかである。

5　明治時代後半のスコット作品の翻訳

明治二〇年代に入ると、様々な人物がスコット作品の翻訳を手掛けるようになる。これはスコットに関する知識がかなり普及してきたことの現われと言えるであろう。まず、小説について主な翻訳を見ていくことにする。

一八八六年（明治一九年）から一八八七年（明治二〇年）にかけて、牛山良助（鶴堂）訳『梅蕾余薫』が春陽堂から出た。これは日本で最初の『アイヴァンホー』（*Ivanhoe*, 一八一九）の翻訳であるという点で注目に値する。ただ、これは「政治小説」と銘打たれているように、当時の政治状況を非常に意識したものであった。

最初に、服部誠一（撫松）の筆になる「梅蕾余薫序」が掲げられている。服部誠一は、一八四一年生まれの文学者で、著書に文明開化の東京を描いた『東京新繁盛記』（一八七四年）などがあり、共立学校、東京英語学校などで漢文を教えていた（一九〇八年没）。服部誠一は、草書体で白文の「梅蕾余薫序」に於いて、次のように書名の由来と民主主義論を述べている。書き下し文に改めたものを引用する。

梅ノ性タルヤ寒ニ耐エテ蕾ヲヒラク即チ烈婦ノ節操ノ如シ。雪ヲ冒シテ香ヲ吐ク即チ義士ノ気概ニ似タリ。……是レ梅蕾ヲ以ツテ此ノ書ニ名ヅクルノユエンナルカ。再三コヲ閲シスルニ、佳人才子国事ニ奔先シ一タビハ離レ、一タビハ合シ、千辛万苦シテ奸党ヲ排斥セリ。佞堅ヲ駆除シ、国権ヲ皇張シ、民利ヲ伸暢シ、其ノ義、其ノ烈、其ノ艱、其ノ難、真ニ梅蕾ノ風雪ヲ冒シテ春陽ヲ迎フルニ異ナラズ。其ノ功成リ名遂ゲ鴛鴦復ビ遇ヒ、伉麗ノ契ヲ結了スルニ、即チ亦余香馥郁トシテ春風薫ゼルニ異ナラズ。（鈴木良平「ネイションの文学―スコット論のためのノート―」（『イギリス小説パンフレット5 SCOTT』、PENS ELEVEN発行、一九七八年）、五七ページ）

明治一四年以降、自由民権運動が活発になるなど、当時の政治状況は風雲急を告げつつあった。そこへ「政治小説」と銘打って『アイヴァンホー』の翻訳を持ってきたのである。しかし、作品の内容からすると、唐突な印象を拭い切れない。結局『梅蕾余薫』はスコットの作品が政治的に利用されようとした一例として考えられるべきであると思われる。この点が、純粋な文学作品として紹介された『春風情話』や『春窓綺話』と性格が異なる点である。

因みに、牛山鶴堂には他にも様々な作品がある。著書として、『社会小説　日本之未来』、『日本新世界』、翻訳書として『双鸞（そうらん）春話』（原作ベンジャミン・ディズレイリ）、『魯敏孫漂流記』（原作ダニエル・デフォー）などがある。

一八八八年（明治二一年）に『ケネルオルス』が出た（川戸道昭・榊原貴教編『明治翻訳文学全集』《新聞雑誌編》第五巻スコット／ブロンテ集（大空社、一九九九年）。これはスコットの『ケニルワース』（*Kenilworth*, 一八二一）の梗概の紹介であるが、訳者名が記されておらず、不明である。『女学雑誌』第九六号（明治二一年二月）から第一三一号（明治二一年一〇月）まで、三一回にわたって掲載された。ただし、第一一七号、第一二一号、第一二四号、第一二六号、第一二八号の掲載はない。平均すると、毎回二ページほどで、字数にして三千字ほどの文章である。

『女学雑誌』という雑誌に掲載されたというのも興味深いところである。この雑誌は女性のための啓蒙的要素を持った雑誌であるが、当時非常によく読まれていた。当然のことながら、多くの女性読者に影響を与え、さらには女性作家の登場をも促した雑誌であると言われている。

一九一〇年（明治四三年）に小原無絃（要逸）訳の『アイバンホー』が東西出版協会から出る。正確なタイトルは『小説アイバンホー』である。全部で八〇ページほどの抄訳である。序文などは特にない。『梅蕾余薫』に比べると、現代文に近く、ずっと読みやすい。

次に、詩作品の翻訳について見ることにする。スコットは偉大な詩人でもあったが、その詩作品の翻訳はあまり多くはなく、代表作の『最後の吟遊詩人の歌』(*The Lay of the Last Minstrel*, 一八〇五）と『湖上の美人』の二つに限られると言ってよいであろう。

前者については、昭和時代になるが、大和資雄訳の五編の詩『世界詩人全集二　前期ロマン派』(河出書房、一九五五年（昭和三〇年））と佐藤猛郎『最後の吟遊詩人の歌―作品研究』(評論社、一九八三年（昭和五八年））があるに過ぎない。

一方、後者については、明治時代後半から多くの翻訳や注解書が出ている。前述した逍遥の『泰西活劇春窓綺話』を始め、塩井雨江（正男）訳『今様長歌湖上の美人』（開新堂書店、一八九二年（明治二五年））、岡村愛蔵著『スコット湖上之美人詳解』（三省堂、一九〇三年（明治三六年））、馬場睦夫訳『湖上の美人』（薔薇叢書6、植竹書院、一九一五年（大正四年））、同（三省堂出版部、一九一五年）、藤浪水処、馬場睦夫訳『湖上の美人』（洛陽堂、一九二一年（大正一〇年））、幡谷正雄訳『湖上の美人』（交蘭社、一九二五年（大正一四年））、入江直祐訳『湖の麗人』（岩波文庫、一九三六年（昭和一一年））などである。一つの作品について、これほど多くの翻訳があることはあまり例のないことであろう。

6　大正・昭和時代以降のスコットの翻訳

前述したものと一部重複するが、大正・昭和時代以降のスコットの翻訳を年代順に列挙してみる（笠原勝朗『英米文学翻訳書目―各作家研究書付』（一九九〇年、沖積舎）、及びJ・G・ロックハート『ウォルター・スコット伝』（佐藤猛郎、内田市五郎、佐藤豊、原田祐貨訳、彩流社、二〇〇一年）巻末の「五 日本における翻訳一覧」を参照し、さらに最新の翻訳を付加した）。

一九一五年（大正四年）、大町桂月訳『アイヴァンホー』（世界名著選第二篇、植竹書院）。

同年、同作（三省堂出版部）。

同年、馬場睦夫訳『湖上の美人』（薔薇叢書6、植竹書院）。

一九二一年（大正一〇年）、藤浪水処、馬場睦夫共訳『湖上の美人』（洛陽堂）。

一九二五年（大正一四年）、幡谷正雄訳『湖上の美人』（交蘭社）。

一九二六年（大正一五年）、柳田泉訳『漂泊者ウイリイの物語』（*Redgauntlet* の一部、世界短篇小説体系英吉利篇上、近代社）。

一九二七年（昭和二年）、日高只一訳『アイヷンホー』（世界文学全集七巻、新潮社）。

日高只一訳の『アイヷンホー』は大正期の大町桂月訳の跡を継ぐ昭和期前半の『アイヷンホー』の翻訳であり、一九六四年（昭和三九年）に菊池武一訳が出るまで、広く読まれた。因みに、日高只一は『スコット』（英米文学評伝叢書、研究社、一九三五年）も著している。スコットについての評伝としては、日本で最初のものである。

一九三四年（昭和九年）、木原順一訳注『レディ・オブ・ザ・レイク』（外国研究社）。

一九三五年（昭和一〇年）、日高只一訳『アイヷンホー』（新潮文庫）。

一九三六年（昭和一一年）、入江直祐訳『湖の麗人』（岩波文庫）。

一九四一年（昭和一六年）、安藤一郎訳『魔鏡物語』（*My Aunt Margaret's Mirror*, 新世界文学全集二十一巻、河出書房）。

一九四二年（昭和一七年）、浅野三郎訳『運命の騎士―十字軍戦争』（『護符（タリズマン）』、世界戦争文学全集5巻、アルス）。

一九四九年（昭和二四年）、中村星湖訳『湖上の美人』（世界名作物語、童話春秋社）。

一九五〇年（昭和二五年）、高野弥一郎訳『覆面の王子』（『アイヴァンホー』の抄訳、ジープ社）。

一九五一年（昭和二六年）、日高只一訳『スコット編』（『アイヴァンホー』、世界文学全集I期十九世紀篇十三巻、河出書房）。

一九五三年（昭和二八年）、長谷川幹夫訳『覆面の騎士』（『アイヴァンホー』の抄訳、世界名作二四、黎明社）。

一九五六―五七年（昭和三一―三二年）、玉木次郎訳『ミドロジアンの心臓』（*The Heart of Midlothian*, 全三巻、岩波文庫）。

一九六一年（昭和三六年）、中野好夫訳『二人の牛追い商人』（*The Two Drovers*, 世界文学一〇〇選、河出書房)。

一九六二年(昭和三七年)、玉木五郎訳『十字軍の騎士』(*The Talisman*, 世界名作全集七五、講談社)。

一九六四年(昭和三九年)、菊池武一訳『アイヴァンホー』(全二巻、岩波文庫)。

一九六六年(昭和四一年)、中野好夫訳『アイヴァンホー』(世界文学全集第三集Ⅲ―九、河出書房新社)。

一九七〇年(昭和四五年)、朱牟田夏雄訳『ケニルワースの城』(世界文学全集六、集英社)。

一九七九年(昭和五四年)、島村明訳『モントローズ綺譚』(*A Legend of Montrose*, 松柏社)。

一九九五年(平成七年)、佐藤猛郎訳『マーミオン』(成美堂)。

一九九五年(平成七年)、大榎茂行他共訳『ミドロージャンの心臓(上)』(京都修学社)。

一九九七年(平成九年)、同書(下)(京都修学社)。

一九九七年(平成九年)、岡本浜江訳、依光隆:絵『アイヴァンホー　愛と冒険の騎士物語』(上・下巻、講談社青い鳥文庫)。

二〇〇二年(平成一四年)、佐藤猛郎訳『湖上の美人』(あるば書房)。

二〇一一年（平成二三年）、佐藤猛郎訳『ウェイヴァリー――あるいは六十年前の物語（全三巻）』（万葉新書）。

単行本を中心にスコットの翻訳を列挙してみたが、この他にも、スコットの作品のいくつかが、学校の英語の教科書として使われていた。その一例として、『英国の義士猶太の烈女』（河島敬蔵注釈、大阪：浜本明昇堂、明治三五年）を挙げることができる。「英文学叢書」の第五編で、『アイヴァンホー』から英文を抜粋し、注釈を施したものである。英語の教科書ということで、全部で四九ページの薄いものである。「英国の義士」とは、言うまでもなくアイヴァンホー、「猶太（ユダ）の烈女」とは、レベッカを指す。アイヴァンホーとレベッカを中心に、作品のハイライトの部分を中心にしていることがわかる。また、「緒言」には、スコットについての簡単な説明などが述べられている。

この他にも同様の英語教科書がかなり出版されている。その時期としては、明治時代後半から戦前が多いように見受けられる。騎士道や武勇を扱った作品が、軍国主義化が進んでいた当時の日本に於いて、教材としても好都合だったのであろうか。あるいは、ただ単に作品のヒロイックな傾向が好まれただけなのであろうか。いずれにしても、英語の教科書を通して、たとえ部分的であるにしても、スコットの作品が原文で直接、明治以降の多くの人々に読まれたことは、日本に於けるスコット受容の重要な一側面である、と言うことができるであろう。

さて、このようにスコットの受容の歴史を全体的に見てくると、大正時代以降は特に『アイヴァンホー』の翻訳が多いことがわかる。『アイヴァンホー』はスコットの代表作であり、読んで楽しめる物語である。また、映画化もされている（アメリカ映画「黒騎士」、リチャード・ソープ監督、一九五二年。イギリス映画「アイヴァンホー」、スチュアート・オーム監督、一九九七年。その他にもいくつかの映画作品がある）。

ただ、スコットランド人作家としてのスコットということを考える時、その作家としての本領が、全部ではないにしても、そのスコットランド小説にある、ということも忘れてはならない。この意味で、結果的にスコットの翻訳が『アイヴァンホー』や『湖上の美人』に偏ってしまったということは、スコットという作家の全体像を見る上では、不十分であると言えるかもしれない。

7　スコット受容の全体的傾向

明治時代初めから現代に至るまでのスコットの紹介及び翻訳の歴史と事情について見てきたが、その時代によってスコットの作品の紹介のされ方や受け入れられ方に大きな相違があることが明らかになったように思われる。

一言で言えば、小説については『アイヴァンホー』、詩については『湖上の美人』の翻訳に偏ってしまっている傾向は否めない。それには様々な要因があり、両者が翻訳作品として大きな人気を博したのも故なしとはしない。また、スコットの著作量は膨大であり、そのすべての作品が翻訳されるのは夢に近い話である。しかし、できれば今後はスコットのスコットランド小説の翻訳や紹介がもっと活発になることが期待される。

もちろん、西洋文化を貪欲に受け入れようとしていた明治時代以降の先人たちの努力は高く評価されるべきであろう。特に明治初期の大きな変革の時期に行われたスコットの紹介や翻訳の数々が、当時の文化や社会に大きな影響を与えたことは間違いない。スコットや他の文学者たちの作品の翻訳に前向きに取り組んだ逍遥を初めとする先人たちの進取の精神や気概を改めて思い起こす必要があろう。

なお、『アイヴァンホー』の翻訳事情については、拙著『ウォルター・スコット『アイヴァンホー』の世界』（朝日出版社、二〇〇九年）で詳しく述べているので、参照されたい。

第二章

ウォルター・スコットと『西国立志編』等

1 『セルフ・ヘルプ』と『西国立志編』の時代背景

本章ではスコットと『西国立志編』との関係を中心に見ていくことにする。

『西国立志編』は一八七一年（明治四年）に出版された。これは中村正直（敬宇）がサミュエル・スマイルズ（Samuel Smiles, 一八一二―一九〇四）の *Self-Help*（『セルフ・ヘルプ』あるいは『自助論』）を訳したものである。

『セルフ・ヘルプ』は一八五九年にジョン・マレー社から出版され、イギリスだけで通算数十万部売れた当時のベストセラーである。日本語の他にも、オランダ語、ドイツ語、デンマーク語、スウェーデン語、スペイン語、イタリア語、トルコ語、アラビア語等々、世界の多くの言語に翻訳された（平川祐弘『天ハ自ラ助クルモノヲ助ク　中村正直と『西国立志編』』（名古屋大学出版会、二〇〇六年）、六一ページ）。つまり、『セルフ・ヘルプ』は、日本だけではなく、広く世界中で読まれ、かつ影響を及ぼし続けている、極めて特異な書物なのである。中村正直の訳した『西国立志編』は、そうした世界的なベストセラーを日本でも普及させる上で大きな役割を果たしたという事実をまず認識しておく必要があるであろう。

因みに、『セルフ・ヘルプ』が出版された一八五九年は、文学や思想の分野に於いて画期的な年であった。つまり、チャールズ・ダーウィン（Charles Darwin）の『種の起源』（*On the Origin of Species*）やジョン・スチュアート・ミル（John Stuart Mill）の『自由論』（*On Liberty*）などが次々に出版されたのである。特に、ダーウィンの『種の起源』は、当時の宗教界はもちろん、社会全体に大きな衝撃を与えた。

さて、『セルフ・ヘルプ』はイギリスのヴィクトリア時代の中期に出版され、広く読まれたということに注意したい。周知のように、ヴィクトリア時代はヴィクトリア女王治世の一八三七年から一九〇一年までの時期を指すが、イギリスの社会構造やイギリス人の考え方が大きく変化した時期であると言われている。それが『セルフ・ヘルプ』が書かれた背景になっているのである。

一八五一年にロンドンで開催された大英博覧会は、産業革命や貿易の発達によって豊かになったイギリスの象徴であった。世界の三〇数カ国が参加した。しかし、経済的・物質的に繁栄を謳歌しても、それがそのままイギリスの安定を意味するものとはならなかった。即ち、急速な工業化に伴う労働問題の発生や科学の発達による宗教への疑念などが表面化してきたのである。

『セルフ・ヘルプ』は、ヴィクトリア朝という変化の時代にあって、イギリス人が暗中模索しながら自分たちの位置を見極めようとする試みの一つの現れであったかもしれない。そして、さらには、そういった変化の中でどうすれば自ら(「セルフ」)を救い助ける(「ヘルプ」)ことができるのか、ということを真剣に考えた結果に他ならない。不安定な時代の只中にあって、人々はもはや他人に頼ることはできなくなり、自らの意思と力で道を切り開いていかなければならなくなったのである。こういったところに、『セルフ・ヘルプ』という書物が書かれた背景あるいは必然性と言うべきものを見い出すことができるように思われるのである。

また、ヴィクトリア朝の後半期は、工業化や植民地の拡大などによって繁栄を謳歌した大英帝国に若干陰りが見え始めた時期でもある。「ユニオンジャックの翻るところに太陽が沈むことはない」と言われるほどの繁栄を誇ったイギリスも、その最盛期を過ぎつつあったのである。

イギリス国民が激動の時代の中で、結局は「セルフ・ヘルプ」が必要だということを悟らざるを得なかったように、国家としてのイギリスも、ヴィクトリア朝の後半期にあって、「セルフ・ヘルプ」の考え方が必要であるということを認識せざるを得なくなっていた。

時代は大きく変化しつつあったのである。

一方、『セルフ・ヘルプ』を『西国立志編』として受け入れた当時の日本の社会はどのような状況であっただろうか。

日本でもこの時期はやはり大変革の時代であった。言うまでもなく、明治維新とそれに続く変動の時代である。つまり、大きな変革の時代をイギリスとちょうど同じ頃、日本も経験していたのである。明治維新とそれに続く激動の時代にあって、個人が社会の中に埋もれてしまう危険性が常にあった。そのような状況の中で、日本人にも自分を見失わずに道を切り開いていく必要性があったのである。「立志」とは、まさに「セルフ・ヘルプ」の精神に他ならなかった。

このように見てくると、スマイルズが『セルフ・ヘルプ』を書いたヴィクトリア朝半ばの時代と中村正直が『西国立志編』を訳述した明治時代とは、非常に社会状況が似ていて、しかも激動する社会の中で個人が求められていたものも共通であったということがわかる。同じような時代を背景にして、イギリスと日本で「セルフ・ヘルプ（自助）」という考え方が、それぞれの国民に大きな影響を与え、両国の生活の中に浸透していったということは、注目に値しよう。一九世紀中頃から後半にかけて、日英両国民が精神文化の面で同じような道を歩んでいったとすれば、それはこの「セルフ・ヘルプ」の考え方に負うところが大きかったと言ってもよいであろう。

2　サミュエル・スマイルズと中村正直

ここで、中村正直とサミュエル・スマイルズの経歴を見ておこう。

まず、イギリスの著述家として有名なサミュエル・スマイルズであるが、スコットランド南部のハディントンの商人の家に生まれた。最初、医学を志してエディンバラ大学の医学部に学び、イングランド北部の都市リーズ（Leeds）で開業したが、経営は思わしくなく、まもなく廃業せざるを得なくなる。その結果、医者の仕事を断念して、ジャーナリズムの世界に身を置くことになる。即ち、『リーズ・タイムズ』（*Leeds Times*）という雑誌の編集に携わったのである。この雑誌の編集の仕事が、スマイルズを文筆活動に向かわせる一つの契機になったのかもしれない。

数年後、スマイルズは鉄道会社の書記の仕事に就いた。このことにより、彼は経済的に安定した生活を送ることができるようになった。つまり、生計の心配をすることなく、余暇に文筆の仕事をすることができるようになったのである。この頃から、スマイルズの文筆家としての本領が発揮されることになる。

スマイルズの著作の特徴は伝記が多いということである。代表的なものに『ジョージ・スティーヴンソン伝』(*Life of George Stephenson*, 一八五七)がある。スティーヴンソンは言うまでもなく、蒸気機関車を発明したイギリスの技師である。他にも、技師や発明家といった人物についての伝記が多数ある。このように、特に技術の分野で偉大な業績を残した人物についての伝記が多いことが特筆されるべき点である。

スマイルズは、『セルフ・ヘルプ』の後に、『人格論』(*Character*, 一八七一)と『倹約』(*Thrift*, 一八七五)を出版した。『人格論』は中村正直によって『西洋品行論』(一八七八―一八八〇)として、また『倹約』はやはり中村正直によって『西洋節用論』(一八八六)として翻訳・出版されている。これらの、『セルフ・ヘルプ』、『人格論』、『倹約』の三冊は、スマイルズの著作の三部作と言われており、スマイルズがその人生に於いて最も重視した理念がそのまま書名になっていると言える。即ち、自助(勤勉、努力)、人格(品行)、そして倹約(経済)というわけである。

さらに、これら三作に『義務』(*Duty*, 一八八〇)を加えた四作で、スマイルズの四福音書という呼び方もあるようである（渡部昇一「中村正直とサミュエル・スマイルズ」、『西国立志編』、五五五ページ）。

各種の人名辞典を見ると、スマイルズについての説明で、「社会改良家」という表現が使われている場合がある。確かに、様々な伝記や教訓本によって、当時のイギリス社会をより良い方向に導こうとしたスマイルズの姿勢を考えると、適切な言い方であるかもしれない（『岩波＝ケンブリッジ世界人名辞典』（デイヴィッド・クリスタル編集、一九九七年））。スマイルズは、もともと非常な努力家であった。医者を開業したにも拘らず、経営難に陥った時も、奮起してさらに勉強を続け、医学博士の称号を得ている。その『自伝』に彼自身の二重の生活や勤勉・努力について述べた文章がある。松村昌家氏が引用して訳されているものを、途中の部分を省略して使わせて頂く。

私が大会社の書記としての本務をこなしたうえに、大変な労力と資料調査を必要とする多くの書物を書いたことを不思議に思う人がいた。今でもよく憶えているが、そのとき私はこのような説明をした。すべては寸暇を惜しむ習慣と、時は一度逃がせば二度と取り戻すことができないという考えの賜物だ（中略）一日の仕事が終わって家に帰ると、私はかなり自由な気持になって、一日の務めを果たしたという満足感をもって書斎に座り、わが国の文学でまだ手つかずの状態のままで残された一角を埋める仕事に取りかかることができたのだ。誰でも一日に一時間、いや半時間でもこのような目的にふり向けるのであれば、数年のうちにどれほど多くの文学的仕事の成果をあげることができることか。驚くべきものがある。（『自伝』第一六章）

（松村昌家「セルフ・ヘルプの系譜」、『民衆の文化誌』（「英国文化の世紀四」、研究社出版、一九九六年）、九ページ）

ここにはスマイルズの毎日の努力の積み重ねとその工夫がさりげなく記されている。スマイルズは『セルフ・ヘルプ』の理念を自らの生活の中で実践していたのである。つまり、彼は『セルフ・ヘルプ』が決して机上の空論ではなく、実生活の中で実行できるものであることを自ら模範的に示していたのである。

今度は、中村正直について見てみよう。

中村正直は、一八三二年（天保三年）に江戸に生まれた洋学者・教育家である。江戸幕府の昌平坂学問所に学んだが、漢学の大家であったと同時に英学にも通じていて、稀に見る秀才であったという。

一八六六年（慶応二年）、三四歳の時に、留学生の監督として渡英し、一八六八年（明治元年）に帰国したが、その際イギリス人の友人H・U・フリーランドから餞別に贈られたのがスマイルズの*Self-Help*であった。同書はイギリスでは既にベストセラーになっていたのである。中村は帰りの船中でこの本を読んで大きな感銘を受け、暗記するほど繰返し読んだという。そしてこの本の中にイギリス人の立派な国民性とイギリスの繁栄の源泉があると考えるに至ったのである。

帰国後、中村は静岡で隠遁生活をしていたが、旧幕臣の気の毒な生活を見て、『セルフ・ヘルプ』を翻訳することを思い立ったという。つまり、「自主・自由・職業の神聖・誠実・勤勉などの精神的・倫理的精髄を旧幕臣の心に植えつけることによって、彼らに立ちなおる力を与えようとした」（高橋昌郎『中村敬宇』（吉川弘文館、「人物叢書」、一九六六）、七三ページ）わけである。そして、一八七一年（明治四年）、遂にこれを翻訳・出版したのである。

この『西国立志編』に於いては、キリスト教に基づく個性の尊重や個人主義が説かれている。『西国立志編』全体を通じて流れているそういった考え方は、明治時代の、特に若い人々に大きな影響を与え、彼らの人生の指針となったのである。

一八七二年（明治五年）には、イギリスの哲学者・経済学者であるジョン・スチュアート・ミルの『自由論』の翻訳『自由之理』を出し、自由と平等の精神の重要性を説いた。

一八七三年（明治六年）には、福沢諭吉、西周、加藤弘之、森有礼らと共に「明六社」を結成し、その重要なメンバーとして当時の啓蒙思想家の代表的存在となった。彼らは江戸時代までの古い考え方を批判し、新しい西洋文化を積極的に紹介しようと努めたのであった。中村正直にとって、幕末から明治初期にかけては、まさにその才能が花開いた時期であった、と言うことができよう。

その後、東大教授や貴族院議員などを歴任している。第三章及び第四章で扱う坪内逍遥や高田早苗も、東京大学で中村の講義を受けているので、その影響を大いに受けていることであろう。

3　ベストセラー『西国立志編』の影響

『セルフ・ヘルプ』は世界十数ヶ国語に訳されたベストセラーであるが、『西国立志編』

も日本に於いてベストセラーとなり、その売上部数は明治時代を通じて百万部以上に上ったと言われている。まさに当時としては異例であった。明治維新という歴史の大変革を経て、近代国家への道を歩んでいた日本に於いて、文字通り非常に多くの人々に読まれたのである。当時の日本社会に与えた影響の大きさは、福沢諭吉の『学問のすゝめ』と並んで、計り知れないものであったと言われている。

『西国立志編』は、その後、明治・大正期を通じて人気を保ち続けた。「立志」という言葉は一種のキーワードになり、一世を風靡した。『日本立志編』、『明治立志編』、『東洋立志編』、『帝国立志編』、『少年立志編』といった「立志本」が流行した（松村昌家、前掲書、六ページ）。いずれも『西国立志編』の人気に便乗したものであろう。「立志」という名前さえ付ければ本が売れるといった状況が容易に想像される。出版界に於ける似たような状況は、今日でも時々見ることができる。

因みに、「天ハ人ノ上ニ人ヲ造ラズ人ノ下ニ人ヲ造ラズ」で有名な『学問のすゝめ』は、三百万部以上売れたと言われている。明治期の啓蒙書の双璧である『西国立志編』、『学問のすゝめ』が、共に「天は…」で始まる言葉で広く知られているのは、興味深いことである。

福沢諭吉の慶應義塾と共に明治初期の日本を代表する学校「同人社」を創設し、『西国立志編』を出して、当時の日本そして日本人に大きな影響を与えた中村正直であったが、福沢諭吉とは違って、今日ではほとんど忘れられてしまっているかのように思われる。その理由として、平川祐弘は『西国立志編』が翻訳であるためとした上で、その重要性と影響力の大きさについて述べ、中村が等閑視されてきたことに疑問を投げ掛けている。

学問世界では独創性が重んぜられる。当然、翻訳は軽んぜられる。翻訳はオリジナルな業績ではないからだ。しかし日本人が西洋の精神文明に初めて関心を寄せ、産業革命以後のイギリスの偉大な繁栄の秘訣はこの一冊にありと信じて日本語に訳出した最初の書物である。日本人に西洋の偉人たちの生涯を紹介したのはこの『西国立志編』をもって嚆矢《こうし》とする。しかもその訳書は、訳者中村の名声とそれにふさわしい文体の力もあいまって、明治時代を通して最大のベストセラーと化した。出版部数は明治末年までに百万部に達した。日本の人口がまだ三千万の頃である。その影響の痕跡は、その後の日本の学校教科書にも、発明発見物語にも、幸田露伴や国木田独歩の文学作品にも、また多くの市井《しせい》の人の生涯にも辿ることができる――そうした広く深い文化史的史実を等閑視し

てよいものか。（平川祐弘、前掲書、四—五ページ）

このように、『西国立志編』は当時のベストセラーであり、また明治・大正時代以降も売れ続けたロングセラーでもあったのである。「『セルフ・ヘルプ』がイギリスに於いて「仕事の福音」として賞賛されたのと同様に、『西国立志編』は日本に於いては「明治の聖書」として歓迎されていた」（松村昌家、前掲書、五ページ）のである。その影響力はまさに想像を超えたものであった。

平川祐弘が指摘するように、明治時代以降、オリジナルな業績ではないという理由で、翻訳が軽んぜられてきた結果、現在では中村正直の名前と『西国立志編』がそれほど大きな存在ではないということは、残念なことである。

しかし、近年、比較文学に於いて、「翻訳」というものに対する評価が高まっている。「外国作品が姿を現わす形態は、通常の場合、翻訳作品としての形態である」（イヴ・シュヴレル『比較文学入門』（小林茂訳、白水社、文庫クセジュ、二〇〇九年）、五七ページ）ことが強く認識され、「文学の世界において翻訳が演じる、同時に居心地悪くも、また掛け替えのない役割」（同、五八ページ）に焦点が当てられるようになってきたからである。

そこから、『西国立志編』が果たした役割とその中でとり上げられている様々な事柄に対する評価も自ずと高まらざるを得ないことになる。

さて、一口にベストセラーと言っても、そこには二種類あるとされている。即ち、言わば自然発生的に生まれたものと大衆の欲望に合わせて作為的に作られたものとである。紀田順一郎によれば、戦後だけを見ても、ベストセラーは昭和三〇年代中頃を境に二つの種類に分けられるという（紀田順一郎『書物との出会い――読書テクノロジー――』（玉川大学出版部、一九七六年）、一六九ページ）。つまり、一九六〇年頃を境にして、それより前の時期のベストセラーが自然発生的なものであったのに対して、それ以降のものは、大衆社会の趣向に合うように意図的に作られたものであったと言うのである。昭和三〇年代中頃以降のベストセラーがすべてそうであるとは言い切れないが、大まかな傾向としてその通りであろう。

大衆社会の成立と中間文化の誕生によって、熱心な読者にかわって、「何かおもしろい本はないか」という退屈な読者が登場してきた、と紀田は言う（同書、一七一ページ）。一九六〇年と言えば、明治維新から見て百年近くたった頃である。ほぼ明治百年を経て、日本人の気質や考え方にも大きな変化が生じ、それが読書やベストセラーといったものにも少なからぬ影響を及ぼしているということがわかる。ちょうど日本が高度成長期に入った頃で、経済的・物質的には発展するものの、精神的な面では退廃の傾向を免れない時期であった。

明治初期に出版された『西国立志編』は、まさに自然発生的に生まれたベストセラーであり、当時の人々が真に求めていた書物であった、と言うことができよう。『西国立志編』はその内容と影響力の二点に於いて、極めて重要な意味を持っているわけである。『西国立志編』は、一九九一年には講談社学術文庫に収録され、現在に至るも間断なく増刷を続けている。因みに、同文庫に収録されるに当たって、渡部昇一が解説を付けている。即ち、巻頭の「自助の精神」と題する文章、巻末の「中村正直とサミュエル・スマイルズ」と題する文章である。

4　『西国立志編』の趣旨

『西国立志編』は、明治期以降に於ける日本への影響を考えた時に見過ごすことのできない重要な作品であることがわかったが、今度はその内容について見ていくことにしよう。

『西国立志編』は、そのタイトルだけを見た時に、立身出世物語（いわゆるサクセスストーリー）のような印象を強く受けるが、ただそれだけに留まらず、イギリス人を初めとしたヨーロッパ古今東西の偉人たちの独立心や努力を重んじる考え方、さらには彼らの日常生活に於ける習慣やライフスタイルなどをとり上げ、紹介したものである。

十三編三二四章にわたって、ヨーロッパ古今の実に百人以上の人物たちの逸話を紹介している。その最初に、書名の由来である有名な諺「天ハ自ラ助クルモノヲ助ク」（Heaven helps those who help themselves.）が紹介され、個人主義による自助精神が奨励されているのである。

第一編「邦国《ほうこく》および人民のみずから助くることを論ず」の「一　みずから助くるの精神」に於いて、まず最初にこの自助精神の重要性について、次のように述べられている。

「天は自ら助くるものを助く」（Heaven helps those who help themselves.）といえることわざは、確然《かくぜん》経験したる格言《かくげん》なり。わずかに一句の中に、あまねく人事成敗《じんじせいはい》の実験を包《ほう》蔵《ぞう》せり。みずから助くということは、よく自主自立して、他人の力によらざることなり。みずから助くるの精神は、およそ人たるものの才智《さいち》の由《よ》りて生ずるところの根元《こんげん》なり。

推《お》してこれを言えば、みずから助くる人民多ければ、その邦国《ほうこく》、必ず元気充実《じゅうじつ》し、精神強盛《きょうせい》なることなり。他人より助けを受けて成就《じょうじゅ》せるものは、その後、必ず衰《おとろ》うることあり。

しかるに、内《うち》みずから助けてなすところのことは、必ず生長してふせぐべからざるの勢《いきお》いあり。けだしわれもし他人のために助けを多くなさんには、必ずその人をして自己励《はげ》み勉《つと》むるの心を減《げん》ぜしむることなり。このゆえに師傅《しふ》（かしずく人）の過厳《かげん》なるものは、その子弟《してい》の自立の志《こころざし》を妨《さまた》ぐることにして、政法の群下《ぐんか》を圧抑《あつよく》するものは、人民をして扶助《ふじょ》を失い、勢力に乏《とぼ》しからしむることなり。（『西国立志編』、五五―五六ページ）

『西国立志編』全編を貫いている考え方は、一言で言えば、この「自助精神」ということになろう。国家の隆盛は、国民一人ひとりの自覚と努力にかかっているのであり、各人が怠けたり、他人の助けを当てにしているようではいけない、というのである。

他からの援助や助力に頼らずに、自らの考えや目標を持って行動する、という意味で、「自助」の考え方は「自立」さらには「自律」の考え方へと通じていると言うこともできる。「自律」は英語で表現すると、self-control ということになるであろうが、これは self-help の延長線上にあると言っても差し支えないであろう。明治時代に限らず、現代に於いても、各個人の「自律」が重要であることに違いはない。「自助」にしても「自律」にしても、他の力を当てにせず、自らの考えをしっかり持って行動するという意味で、時代の違いを超えて、強く求められている考え方なのである。

『西国立志編』は基本的に個人の努力の重要性を強調しているわけであるが、それは利己主義や身勝手さ、即ち“selfishness”ということとは全く異なる。国民各人が刻苦勉励すれば、それが国家の繁栄につながるということであり、むしろ“selfishness”とは対極的な考え方なのである。それは、第一章の「三　国政は人民の光の返照《へんしょう》なり」の中の「邦国《ほうこく》は、特に人民各自一箇《こ》のものの合併《がっぺい》せる総名《そうめい》なれば、いわゆる、開化文明というものは、他なし。その国の人民男女老少、各自に品行を正しくし、職業を勤《つと》め芸事を修《おさ》め善《よ》くするもの、合《がっ》集《しゅう》して開化文明となることなり。」という文章によく表れている。

また、同じく第一章の「四　邦国《ほうこく》の盛衰《せいすい》」の中の「邦国《ほうこく》の昌盛《しょうせい》は、人民各自勉強の力と正直の行いとの総合せるものなり。邦国《ほうこく》の衰退《すいたい》は、人民各自懶惰《らんだ》（怠《なま》けること）にしておのずから私《わたくし》し、および穢悪《わいあく》の行いの集合せるものなり。」という部分も同じような趣旨である。

この考え方が明治維新を経て間もない当時の日本の状況に合致したことは間違いない。平川祐弘はこの「自助の精神」と明治の日本との関係について、次のように書いている。

「天ハ自ラ助クルモノヲ助ク」は本来英語であった。だが朗々たる響きも手伝って、この格言は明治日本の人口に膾炙《かいしゃ》した。日本語の諺と化したといってよい。それというのも、この自助の教えこそ、明治日本に高らかにこだました時代精神ともなったからである。私たちの過去の歴史で、明治がとりわけ美しい時代に見えるとするなら、それは維新直後、世界に向って広く国が開かれた時、日本人が自らの力を信じて、国造りにいそしんだからである。（中略）その明治国家建設の際、セルフ・ヘルプこそが日本の指導者の気概であり、かつ国民多くの者の気持でもあった。（平川祐弘、前掲書、二ページ）

このように、「自助の精神」が強く求められた明治国家建設の時代にあって、『西国立志編』はまさに時代の要請に合った書物であったと言うことができる。一言で言うならば、「明治日本のネーション・ビルディングの国民的教科書」（同書、三ページ）ということになろう。実際、『西国立志編』は一八七二年（明治五年）の学制発布以来、十年間にわたって国語や修身の教科書として日本中の学校で用いられたのである。その影響力を考えるに、非常に大きなものがあると言わざるを得ない。因みに、中村正直は『教育勅語』の草案執筆者でもあった。

『西国立志編』を通して知ることのできるもう一つの考え方は、人生に於ける成功の秘訣が「門閥」や「天賦の才能」ではないということであろう。

この考え方は、当然、原著の『セルフ・ヘルプ』に通底している理念でもある。スマイルズは、『セルフ・ヘルプ』の多くのエピソードを通じて、人生で重要なのは、勤勉や努力、そしてそのための工夫であり、それらを実践さえすれば人間は誰でも成功するのだということを強調しているのである。

松村昌家は、この点について、次のように述べている。

加えて彼は、成功の秘訣は門閥でもなければ、生まれつきの才能でもないことをくり返し強調する。(中略)時代をリードする人格は、勤勉、精励、自己能力の開発、自制力、節制、倹約、そしてとりわけスティーヴンソン流の忍耐と、有効な時間の利用によってこそ形成されるのだ、という信念をもっていたからである。(松村昌家、前掲書、一六

ページ）

このように、『セルフ・ヘルプ』に於ける重要な考え方の一つが示されているのである。つまり、明確な目的を持って刻苦勉励すれば、「門閥」や「生まれつきの才能」などなくても、成功することができるということである。

スマイルズ自身、スコットランドの商人の家に生まれているのであり、貴族などが形成していた「門閥」などとは無縁の立場であった。また、ごく一部の天才たちのような「生まれつきの才能」を持っているわけでもなかった。にも拘らず、自身の勤勉や努力によって成功を勝ち取ったので、『セルフ・ヘルプ』の考え方に自信があったものと考えられる。また、スマイルズが『セルフ・ヘルプ』の中で紹介している多くの偉人たちの実例が、何よりもそのことを証明しているわけである。

一方、「門閥」や「世襲」の反対の概念を考えてみると、行き着くところは、悪く言えば「成り上がり」（パルヴニュー）ということになる。しかし、この「成り上がり」という、一般的には問題のありそうな存在を、スマイルズは非難するどころか、賛美さえしているという（松村昌家、前掲書、一六ページ）。つまり、「成り上がり」の階級の人々こそ、世界の大事業や偉業を成し遂げた人々だというのである。スマイルズの主張に沿って、「門閥」と「成り上がり」というものを考えてみると、「成り上がり」の人々が決して軽蔑すべき存在なのではなく、むしろ自分たちの努力や創意工夫で成功を勝ち取った、高く評価すべき存在ということになってくるのである。

「門閥」というものに敏感になっていたのは、スマイルズの時代のイギリス人だけではなく、『西国立志編』が出版された明治初期の日本に於いても、同様だった。人々が様々な因習や古い制度に支配されていた江戸時代が終わり、明治維新によって新しい時代を迎えたにも拘らず、政治や社会に於ける「門閥」支配の兆候が至るところに現れ始めていたからである。そういった状況の中で、人間は「門閥」や「生まれつきの才能」などに支配されるものではないという理念を掲げた『西国立志編』が多くの人々に歓迎されたのも、当然のことであった。

また、この同じ時期に福沢諭吉の『学問のすゝめ』が非常に多くの人々に読まれたのも、『西国立志編』と同じ理由によるものと考えられる。福沢が豊前中津藩の下級武士の家の出身であったことはよく知られている。江戸時代の古い因習に支配されずに、自分自身の努力で学問を修め、道を切り開いていくことが重要であるという考え方は、『学問のすゝめ』

の趣旨であり、多くの人々がその趣旨に強く共感したのであった。

この意味で、『学問のすゝめ』と『西国立志編』が明治時代のベストセラーになったのは、言ってみれば当然の成り行きであったかもしれない。これらの二著には、互いに共通する理念が存在しているからである。

5 『西国立志編』の中のスコット

従来、『西国立志編』は、スコットとの関係に於いてあまり注目されることはなかったように思われる。しかし、スコット受容の歴史を考える上では重要な位置を占めると言って差し支えない。『最後の吟遊詩人の歌』以外には、スコットの作品そのものにはほとんど触れていない（また『西国立志編』という作品の性格上その必要もなかった）ものの、当時の日本社会に文学者スコットの名前を深く浸透させたという点で、大きな意義を持っていると言うことができる。この意味に於いて、中村正直は、明治初期に於けるスコットの重要な紹介者であったと言ってもよいであろう。

原著者のスマイルズはスコットと同じくスコットランドの出身であった。スコットとは生きた時代も少し重なっていて、一八三二年にスコットが亡くなった時、スマイルズは既に二〇歳の青年になっていた。

若いスマイルズにとって、スコットランドが生んだ詩人・小説家スコットの名前がいかに大きなものであったかは、想像するにあまりある。彼がスコットの作品を愛読していた可能性も非常に高いと言えるであろう。同郷の偉人であるスコットに対して親近感や尊敬の念を抱きながら成長したスマイルズが、そのエピソードを自著の中でとり上げたということも大いに納得がいくことである。

では、『西国立志編』に於いてスコットがどのようにとり上げられているかを具体的に見てみよう。

まず、第四編「勤勉して心を用うること」の中の十七に、「スコット、文人にして俗務を軽《かろん》んぜざりしこと」という文章がある（『西国立志編』、一七八―一七九ページ）。

ここでは、まず、スコットが作家としての仕事の傍ら勤勉に実務を行ったことが書かれている。スコットは自らを「職業を勉《つと》むる人」と言って、それを誇りにしていた。「職業」というのは詩人や小説家としての職業ではない。実務家としてのそれを意味していた。そして、スコットの次の言葉が紹介されているのである。

「文芸の人、あるいは尋常《じんじょう》の職業を做《な》すことを嫌《きら》う者あり。しかれども、これを嫌《きら》うは無益《むえき》のことなり。且《か》つこれのみならず、毎日そこばくの時限を実事実務に費《つい》やすことは、人をしてかえって進益あらしむるなり」

言ってみれば、「二足の草鞋《わらじ》を穿《は》く」ということであるが、スコットは、毎日の生活の中で実務あるいは俗務に携わりながら文筆の仕事を行うことが有益であると述べているのである。この点については、さらに第六章で、スコットのライフスタイルとの関係の観点から論じることにしたい。

同じ項目に於いて、スコットが一日のスケジュールを緻密に管理していたことが記されている。

スコットは、定規《ていき》を立て、時刻を愆《あやま》らざる人なり。さればこそ、あまたの著作を成就《じょうじゅ》して、綽然《しゃくぜん》として余地ありしなれ。他人より書束《しょかん》至るときは、即時に答書を作れり。毎朝五時に起き、髪《かみ》を理《り》し、ていねいに衣服をつけ、六時に文案に坐《ざ》せり。紙はその前に整えて置き、引用考証の書は楼版《ろうばん》上に順序を乱さず、秩然《ちつぜん》として囲繞《いじょう》し、その愛狗《あいく》は、排列《はいれつ》せる書籍の外に守候《しゅこう》（番をすること）せり。九時、十時の間に、朝飯《あさめし》の設け備わりて、家人《かじん》会食せるころには、スコットこの日の課程は十分に完了す。

これを読むと、スコットが早朝のうちにその日の執筆の仕事を済ませていたことがわかる。文字通り、朝飯前の仕事であった。それが、かなり余裕を持って多くの著作を成し得た秘訣だったのである。スコットの仕事中、その愛狗（愛犬）が番をしていたことなども描かれ、ほほえましく感じられる。

この項目の最後の部分には、スコットが自らの実績や博学にも拘らず、自らの無能を自覚して、非常に謙虚であったということも記されている。

次に、第五編「幇助、すなわち機会を論ず」の中の十五に、「スコット、何事をなすにも、機会を看《み》いだせしこと」という文章がある（前掲書、二〇六ページ）。

ここでは、スコットがある時、馬に蹴られて歩行困難になったが、怠惰を嫌って著作に専念した、という話が紹介されている。「スコットは懶惰《らんだ》をにくむこと讎敵《しゅうてき》のごとくなれば、これを時として著書に従事せり。」とあり、スコットのすさまじいまでの勤勉さがよく現れている。

ただ、この時に書かれたとされている *The Lady of the Last Minstrel* という作品名は明らかに誤りである。スコットの初めての作品ということになっているので、実際には *The Lay of the Last Minstrel*（『最後の吟遊詩人の歌』、一八〇五）のことであると思われる。おそらく、*The Lady of the Lake*（『湖上の美人』、一八一〇）との原著者による混同であろう。

さらに、第九編「職事を務むる人を論ず」の中の十九に、「スコット、敏速《びんそく》の益を論ずる書」という文章がある（前掲書、三四四ページ）。

ここでは、スコットが仕事を軍行に喩えて、まず目前の仕事を片付けてから休息をとるようにというアドバイスをある青年にした話が紹介されている。スコットは次のように言ったとされている。

「汝《なんじ》、謹《つつし》んで光陰《こういん》を嗟過《さか》する（むだにする）ことなかれ。何事にても、眼前《がんぜん》になすべきものあらば、即刻《そっこく》にこれをなすべし。なしおわりたる後、まさに遊息《ゆうそく》の暇《いとま》を取るべし。けっしていまだおわらざる前に遊息《ゆうそく》することなかれ。

事務はたとえば軍行《ぐんこう》のごとし、もし前隊の兵、にわかに阻礙《そがい》せらるることありて、軍行の常度を変じなば、後陣《こうじん》は必ず混乱すべし。これに似て、はじめて手に至る事務を快速に治弁《ちべん》（かたづけ）せざるときは、他の事務しだいに後よりかさなり至るべし。かくのごとく、一時にあまたのことに囲繞催逼《いじょうさいはく》せられなば、いかにしてよく心神忙乱《しんしんぼうらん》（うろたえること）せざるを得んや」

ここで明らかになることは、スコットがいかに時間を無駄にせずに仕事をしたか、そして目の前の仕事を先延ばしにしないで片付けることに意を用いたか、ということであろう。スコットの勤勉さと几帳面さが明確に示されている文章である。

『西国立志編』の中でスコットが中心になってとり上げられているのは、以上の三項目であるが、他にもスコットに関する記述はいくつか散見される。例えば、第十編「金銭の当然の用、およびその妄用《もうよう》を論ず」の中の二十三に、「倹吝《けんりん》の弁」という項目がある（前掲書、三九三ページ）が、その中で、金銭に関して次のようなスコットの忠告の言葉が紹介されている。

ペニーは人の霊魂《れいこん》を殺し、白刃《はくじん》は人の肉体を殺す。二者相較《あいくら》ぶれば、ペニーの人を殺すこと多し。

「ペニー」は言うまでもなく、イギリスの通貨単位の一つである。ここでは、金（マネー）と同じ意味で使われている。この「倹吝《けんりん》の弁」に於いては、勤勉や努力といった徳目ではなく、金銭に関する警告、即ち節倹を通り越して吝嗇にならないようにという戒めが記されている。その中でスコットの言ったとされる金銭に関する言葉は、重みのある忠告になっている。

もう一つ、第十一編「みずから修《おさ》むることを論ず、ならびに難易《なんい》を論ず」の中の七に、「有名の学士、文人、わかき時、労力の遊戯《ゆうぎ》を做《な》せし例」という文章にスコットへの言及が見られる（前掲書、四〇八ページ）。スコットは、幼い頃から片足が不自由で、歩くのにも不便であったが、猟師と一緒に魚を獲ったり、馬に乗って狩猟をしたりしているうちに頑強な体になった、という話である。文学の道に進んでからも、漁猟の習慣は続けられ、朝のうちに、小説第一作である『ウェイヴァリー』（*Waverley*, 一八一四）を書き、午後には狩猟などを楽しんだのであった。

このエピソードには、二つのポイントが含まれている。一つは、スコットが肉体的要素をも重視して、よく運動したということであり、もう一つは、朝のうちに執筆の仕事を済ませて、午後は趣味に興じた、ということである。他のエピソードと重複する部分もあるが、スコットの生活習慣や仕事ぶりを十分に伝えていると言うことができよう。

先に述べたように、明治期に於けるこの本の影響力の大きさを考えると、当時の多くの人々の脳裡にスコットというイギリス人文学者の名前が刻み込まれたであろうことは想像するに難くない。

原著『セルフ・ヘルプ』は『西国立志編』という媒体によって、日本の文化にほぼ同化したと言うことができる。シュヴレルは、「翻訳は外国認識の通常の媒体なのであって、そのなかのあるものは、それを受容した一国民の共同体の文化遺産に、ついには組み込まれることになる」（イヴ・シュヴレル、前掲書、一六ページ）と述べているが、『セルフ・ヘルプ』は形を変えて、まさに日本の「文化遺産」になったかの観がある。

なお、大正時代に入ると、小山内薫が『セルフ・ヘルプ』の新しい翻訳を出した。

さらに、現代に於ける『セルフ・ヘルプ』の新訳として、『自助論：人生を最高に生き抜くための知恵』（竹内均訳、三笠書房、一九八八年）が出ていて、増刷を続けている。つまり、現代に於いても、『セルフ・ヘルプ』（『西国立志編』、『自助論』）は多くの人々に影響を与え続けているわけである。

近年、『セルフ・ヘルプ』を再評価する機運が高まっているようである。新訳の登場などがそのことを如実に物語っている。また、平川祐弘の著作などもそういった動きをよく示していると言うことができよう。

6 『和洋奇人傳』の中のスコット

次に、第一章で触れた『和洋奇人傳』についても述べることにする。

『和洋奇人傳』は、二〇丁から成る和綴りの書物で、明治五年に出版された。著者は条野孝茂、画は落合芳幾、出版元は東京書林、小林喜右衛門等となっている。「初篇」と記されているが、本間久雄も指摘しているように、続編は特に出されなかったものと見られる。

左右見開きになっていて、右側に西洋人、左側に日本人を配置して、全部で三七人の人物を紹介しているものである。西洋人と日本人の一八の組み合わせであるから、全部で三六人になるはずであるが、実際には最後に日本人一人（佐久間象山）が登場するので、三七人になっている。本間久雄が、「その當時の思ひつき本位に編纂された雑著の一つである」と述べているように（本間久雄、前掲書、一一五ページ）、内容的にやや正確さに欠ける面がないとは言えない。

著者は、スコットについての材料を『西国立志編』から得ていると言われている（本間久雄、前掲書、一一六ページ）。つまり、『和洋奇人傳』に於ける記述は、同書の第四編第十七章の「スコット、文人にして俗務を軽んぜざりしこと」という文章に基づくものであるというわけである。そもそも執筆の契機自体が『西国立志編』にあったと言っても過言ではないであろう。逆に、『西国立志編』の影響が如何に大きなものであったかということの証左と見ることもできる。

『和洋奇人傳』では、スコットは挿絵と共に、次のように紹介されている。

斯格的《スコット》

斯氏《すし》は蘇葛蘭《スコットランド》の有名の著作家にして、著述の書五車に満てり。されども常に俗務を蔑《からん》ぜず、一年の間、半年は俗務に従事せりといへり。故に平生の理論にも、予は俗務に由て、口に糧《のり》する事を得んと欲し、文藝をもて生計をなすを欲せずといへり。（前掲書、一一五ページ）

一方、スコットと並んで紹介されているのは、北静盧という日本の江戸時代の文人である。彼は次のように紹介されている。

北　靜廬

通稱三佐衛門、號梅園、博く和漢の書籍に通じ、學を以て世に聞ゆ。亦、國學に渡りて、或時、眞顏歌に不審の事あるを靜廬に問ひしかば、言下に證歌《しょうか》五首を引《ひき》て示せり。されども平生我俗務《へいぜいわがぞくむ》の家根職を棄ず、生活を俗務に計りて、文藝はその餘力になせり。（同）

このように、北静廬もスコット同様、職を棄てずに文筆と両立させたことが述べられているのである。つまり、日常の俗務を疎かにせず、その俗務によってまず生活を成り立たせ、著述や文芸はその余力によって行っていたとしているのである。

北静廬についてもう少し詳しく見てみよう。

彼は、江戸時代末期の国学者・随筆家で、梅園、慎言など、いくつかの号を持つ。一七六五年（明和二年）、江戸の料理兼待合茶屋の子として生まれ、後に大工の棟梁の家に婿入りする。最初、狂歌を学んだ後、国学を修め、博学を以て知られた。一八四八年（嘉永元年）、八四歳で没。著書にその号をとった『梅園日記』（日本随筆大成編輯部編『日本随筆大成』〈第三期〉第十二巻（吉川弘文館、一九七七年）に収録）等がある。

さて、ここで強調されていることは、スコットが文学者であった一方で、俗務を疎かにしなかったということに尽きる。「俗務」というのは、スコットの場合、弁護士や裁判所の書記、そして後のセルカーク州の知事代理などの様々な職務を指す。生涯を通じて言わば「二足の草鞋」を穿《は》いていたわけであるが、その両立生活そのものがスコット伝の大きな特徴の一つになっているのである。

因みに、スコットの肖像は、挿絵作者の想像によるものであると思われる。スコットに全く似ていないばかりか、口髭までたくわえている。これは、ごく一般的な西洋人に対する当の画家によるイメージそのものと言えるのではないだろうか。

本間久雄は、『和洋奇人傳』の筆者がスコットと北静廬の両人を対比させていることについて、「牽強付会の甚だしいものの一つ」と断じて、次のように述べている。

俗務家としての静廬は、たとひ棟梁であつたとは云へ、一家根職に過ぎず、その文藝としても、狂歌をよくした一雜學者に過ぎないのであり、世界文學史上のスコットとは、いかなる點から見ても比較さるべきものではないからである。（前掲書、一一六ページ）

つまり、両者の比較に於いて、スコットと北静廬とでは、その偉大さに於いて釣り合わない、言い換えれば格が違う、というわけである。それも尤もではあるが、その対比自体の趣旨は理解できなくもない。なぜなら、文学者としての偉大さや「俗務」の内容は別にしても、生業を以て経済的に生活を成り立たせた上で、文筆の仕事も行った、という点では、両者共に同様だからである。

逆に言えば、俗務に従事しながら文筆活動も行っていた人物でスコットに匹敵する文学者が明治初期までに見当たらなかった、ということでもある。第六章で論じることになるが、文学者で「二足の草鞋《わらじ》を穿いた」人物としては、夏目漱石や森鷗外が最初だったのではないだろうか。

「スコット移入考」に於いて、本間久雄は、『和洋奇人傳』でスコットと対比されている北静廬については問題にならないとして殆ど等閑視している一方で、同書に於いてスコットがとり上げられていることについては、さらに考察を進め、二つの歴史的意義を認めている。即ち、一つは「文人が俗務家を兼ねてゐるといふことについての驚駭又は稱讃の氣持」であり、もう一つは「俗務又は實務といふことについての時代感覺の革新の風潮」である（同書、一一六ページ）。

前者の背景として、江戸時代までの文人の多くが戯作者と言われ、懶惰の徒として実務を避けていた、という事情がある。確かに、江戸時代までの文人には「遊び人」的なイメージが付きまとう。「詩を作るより田を作れ」という諺もあるように、文筆あるいは文芸が道楽のように捉えられ、実利主義とは対極にあるかのように見做されていた。そういった文学についての偏った見方は、実際、明治時代以降も長く続いていたのである。そうした中で、スコットのように実務を疎かにしないで執筆活動も行った文学者の存在が『和洋奇人傳』の筆者には好ましく映ったに違いないというわけである。

次に、後者の背景として、この頃、福沢諭吉の『学問のすゝめ』によって実学が奨励され始めたという事情がある。俗務や実務を軽んじていた文人たちも時代感覚に大きな変化が生じ始めたこの時期に至って、その考え方を変えざるを得なくなってきたというわけである。福沢諭吉によって唱導され始めた「実学主義」は、江戸時代までの古い感覚に浸ってきた文人たちの意識をも変えつつあったのである。文学者でもあり実務家でもあったスコットが『和洋奇人傳』の作者に模範的存在として受け止められたのも、当然のことだったのである。

このようにして、『和洋奇人傳』によるスコットの紹介を高く評価する一方で、本間久雄は、実務家としてのスコットのマイナス面を指摘してもいる。つまり、スコットが晩年、出版事業に関係して失敗し、莫大な負債を返済するために小説を濫作し、そのために健康を害して死を早めたという事実を指しているのである。

スコットは、最初のうちは、文筆と実務を両立させることに成功したが、出版事業に手を出したことで、後の破綻の原因を作ったとも言える。本間久雄は、スコットが事業者でもあったことが「文人としての彼れに取つて、マイナスでこそあれ、稱讃すべきことではなかつたのである」(同書、一一六ページ)と述べている。

ただ、スコットの実務家としての側面は、その出版事業への参加によってのみ語られることではない。つまり、スコットは、若い頃から弁護士や裁判所の書記などの公務に就いていたのであり、それらの仕事はスコットの勤勉さによって、長い間確実に遂行されていたのである。出版事業に関わったことは、スコットにとって結果的に大きなマイナスであったが、そのことだけでスコットの俗務家あるいは実務家としての側面について、判断することはできないように思われる。

本間久雄の「スコット移入考」は、『和洋奇人傳』の紹介からさらに論を進めて、坪内逍遥の『小説神髄』が成立する過程に於けるスコット移入の意味を明らかにしようとする試みであった。しかし、『和洋奇人傳』が文学者スコットの俗務家としての一面を重視していることの意義を、いくつかの観点から指摘している点でも、高く評価されるべき論考であるように思われる。

この『和洋奇人傳』のスコットについての記述は、『西国立志編』から一部借用されたものであることは事実である。具体的には、5で触れた『西国立志編』の第四編「勤勉して心を用うること」の第十七章「スコット、文人にして俗務を軽んぜざりしこと」の部分からのアイデアの拝借であろう。

ただ、『和洋奇人傳』の最大の特色としては、日本人の文人の例も引きながら、(正確ではないにしても)絵入りで、わかりやすくスコットを紹介したという点であり、その点は評価に値するであろう。いずれにしても、『西国立志編』や『和洋奇人傳』といった書物を読んで、スコットに親しみを覚え、その作品を実際に読んでみようという人々を生み出す素地を作り出したという点で、スコット受容史の中で大きな意義を持っていると言えよう。

7 『西国童子鑑』の中のスコット

『西国童子鑑』は、一九編から成る和綴りの書物で、一八七三年（明治六年）に出版された。一八七二年（明治五年）に「美国」の「ハルペル氏」という人物によって刊行されたことが表紙に記されている。それを中村正直が中心になって翻訳したものである。「美国」とは、中国語で、アメリカ合衆国の略称である。「ハルペル」とは、Harper であろう。しかし、この人物についての詳細は不明である。出版元は同人社となっている。中村正直は一八七一年（明治四年）に『セルフ・ヘルプ』を翻訳して『西国立志編』を出版したわけであるが、それからわずか二年後に、この『西国童子鑑』を翻訳・出版したことになる。『西国童子鑑』は二冊から成り、一九編にわたって、「詩人」から始まって「博物学者本草家」に至るまで、あらゆる分野の偉人たちの生涯を紹介したものである。「西国」は西洋、「童子（どうじ）」は子供、「鑑」は手本や模範を、それぞれ意味する。わかりやすく言えば、ヨーロッパの偉人たちの生い立ちにその成功のもとをたどろうとする書物ということになろう。

この本に於いて、スコットは第一編「詩人」の項目に登場する。漢字で「斯格的」と表記され、カタカナでルビが振られている。原作者は約二一ページにわたって、スコットの生涯を概観している。内容的にはスコットの簡略な伝記と言ってもよいものである。明治の初期に於いて、スコットに関するこれほどの情報が公にされていたことは、注目に値する。因みに、スコットの他に紹介されている詩人はポープ（Alexander Pope）（「波伯」と表記）だけである。

スコットが公務をおろそかにしなかったという主旨の『西国立志編』や『和洋奇人傳』とは異なって、その幼少時や青年期に将来の文学者としての成功の萌芽が見られるとしている点が『西国童子鑑』の特徴であると言うことができる。『西国立志編』があまりにも有名であるため、『西国童子鑑』はその影に隠れてしまった観があるが、スコットの詩人・小説家としての生涯全体にわたって述べ、その特質を明らかにしている点で、わが国に於けるスコットの受容の中で大きな役割を果たしていると言うことができる。

8　その他の『西国立志編』の派生作品

明治期に於いて、『西国立志編』に刺激されて書かれた『和洋奇人傳』に類するような書物が他にも存在した。スコットのエピソードが紹介されている書物を挙げてみると、次のようになる。

綾部竹之助（東華）、『立身談片』、井上孝助他、明治三一年

蓬莱裕、『立身小話』、東新堂、明治三五年

東華山人、『成功立志談』、岡林書店、明治四五年、「修養叢書」

駿台隠士、『学生座右訓』、大学館、明治三八年

まず、最初の『立身談片』であるが、その主旨はタイトルの中によく現れている。つまり、立身出世のための参考書である。項目を見ると、「功名富貴」「所願を大にせよ」「自主独立」といったように、いかに功名富貴を成し、立身出世をするかということが述べられていることがわかる。全部で八六項目のうちのいくつかで、日本と西洋の偉人たちの例が示されている。日本人では、平田篤胤、川村瑞賢、佐久間象山、伊能忠敬、紀伊国屋文左衛門、塙保己一、曲亭馬琴、本居宣長などであり、西洋人では、ビスマルク、ミケランジェロ、エジソン、ジェンナーなどである。

この中にスコットについての項目も見られるのである。「サー、ウオールター、スコットの話」と銘打って、スコットが紹介されている。少し長いが、全文を見てみよう（振り

仮名は一部を除いて省略する)。

サー、ウオールター、スコットは蘇格蘭(スコットランド)の人にして有名の小説家なり、千七百七十一年を以てエヂンバラに生れ、千八百三十二年を以て卒す、一代の著書頗る多し、湖上の美人、最後の楽人の歌の如きは最も人口に膾炙するものなり

彼は極めて勤勉の人なりき、されば彼は詩文を以て大名を博したりと雖も、普通の文人の如く俗事を卑しまざりき、彼は初め裁判所の代書人となり一枚三片(ペンス)の筆耕料を得て旦暮の生計を営み、夜のみを以て勉学の時間に充てたりき、後年エヂンバラ市廳(市庁)の書記となるや著述の業は朝餐前に完了し夫(それ)より市廳に出勤して文書事務に服したりき、其平生の言に曰く「文藝の人にして普通の職業を厭ふは余の屢(たびたび)見る處なり、然れども之を厭ふは無益なり加之(しかのみならず)毎日若干の時間を割て俗務に従事するは大に利益あるとなり」と、又曰く「余は俗務を以て生計を營むべし、文藝を以て生活するを欲せず」と、又其自負の言に曰く「余は職務に勉むるの人なり」と、

彼は又己を責るに周密なりき、彼は既に斯の如き勤勉を以て其業に勉めしかば其學既

に博きを得其名既に高きを得たりと雖も決して自ら安んずることなく益々其智能を発揮すべきことを認めたりき、されば曾て其友に語て曰く「余常に自ら過去の事歴を考ふるに何となく自己の愚昧を追認して之れが為めに自ら鞭撻せらるゝが如き感ありと、
彼は又剛毅の精神を有したりき、彼は其五十歳に達したるの後に於て十二萬磅（ポンド）の債務を負ひたりき、然るに彼は猶（なお）堅く之を返辦（へんべん）せんことを決心し終（つい）に死去の前に於て其目的を遂げたりき、彼は曾て其日誌に「余の困難は尋常一様のものに非さりし余は勉めて之に打勝んことを期せり」と記せりと云ふ、彼老年に至て莫大の債務を返辦せるも亦（また）此強健なる思想に依れり

要点は、スコットが俗事（公的な職務）を厭わずに勉励刻苦し、後には債務も弁済することができた、ということであろう。

この『立身談片』に続く『立身小話』、『成功立志談』も、その主旨はほぼ同じようなものである。そして、いずれの書物にも載っているスコットについてのエピソードも、似たような内容になっている。

『学生座右訓』は、そのタイトルの通り、学生を対象にした教訓本である。

前半には「学問の価値は応用に在り」「人物と学校教育」「読書のみ学問に非ず」といった項目や「学生の責任」「修学の第一要件」「成功の第一着歩」といった項目が見られる。後半では、日本や欧米の偉人たちの模範例が多数述べられている。日本では、水戸光圀、二宮尊徳、山崎闇斎、佐久間象山、平田篤胤といった人物たちの苦学、見識、読書などの例が述べられている。一方、欧米では、エジソン、フランクリン、ニュートン、ミケランジェロといった人物たちの精励、人徳、勉強法、熱心さなどについて述べられている。

この書物にも、「サー、ウオールター、スコットの勤勉」として、スコットの話が載っているのである。その内容は前の三書とほぼ同様である。

このように、スコットが「俗務」を怠らなかったこと、そして非常な努力家であったことは、『西国立志編』以降、『和洋奇人傳』を経て、様々な書物によって日本に紹介され、日本人の考え方に大きな影響を及ぼしたことが明らかになるのである。

第三章

ウォルター・スコットと坪内逍遥

1　スコット作品の紹介者――坪内逍遥

第一章で述べたように、日本に初めてスコットの作品を紹介したのは、現在わかる限りに於いて、坪内逍遥であると言うことができる。逍遥は明治一三年（一八八〇年）に『ラマムアの花嫁』の一部を訳した。これが初めての日本へのスコットの作品の紹介であり、かつ逍遥の文学活動の第一歩であると言える。逍遥は日本近代文学の先駆者と呼ばれているが、彼が数多いイギリス作家の中からまずスコットを選んで、その作品を翻訳したことは注目に値しよう。そして、同様にスコットの多くの作品の中からまず『ラマムアの花嫁』を選んだというのも、興味のあるところである。

また、逍遥は一八八四年（明治一七年）、スコットの *The Lady of the Lake* を翻訳して『泰西活劇春窓綺話』と題して出版した。この詩集は後に『湖上の美人』という題名でたびたび翻訳されることになるが、逍遥の翻訳が本邦初訳である。

ここでは、逍遥がどのような経緯でスコットという作家に出会い、その作品を翻訳するに至ったのか、その間の事情について検証してみることにする。さらに、逍遥にとってスコットがどのような意味を持ち、その文学活動にどのような影響を与えたのかを考察することにする。

2　東京大学卒業の頃までの逍遥

まず、東京大学を卒業する頃までの逍遥の経歴を辿りながら、英文学との関係を見ることにする（逍遥の経歴については、主に柳田泉『明治文学研究』第一巻『若き坪内逍遥』（近代作家研究叢書、日本図書センター、一九八四年）を参照。また、坪内祐三編『明治の文学』第四巻『坪内逍遥』（筑摩書房、二〇〇二年）の巻末「坪内逍遥年譜」四〇八―四〇九ページも参考にした）。

逍遥は一八五九年（安政六年）、今の岐阜県に生まれた。名は勇蔵（のち自ら改め雄蔵）であった。一八六九年（明治二年）、一〇歳で寺子屋に入って学んだ。当時はまだ教育制度の不備な時代であり、江戸時代の寺子屋がまだ残っていたのである。新しい教育制度の下に小学校などが作られたのは、明治四年以後のことである。逍遥はこの寺子屋に足掛け四年通った。

一二歳くらいから貸本屋の「大惣」に通って、多くの小説戯作類に読み耽った。特にこの頃、滝沢馬琴（一七六七―一八四八）に心酔するようになった。また同じ頃から、芝居、特に歌舞伎を見るようになり、かなり熱中した。そのため、劇に関する知識は豊富なものになった。

因みに、貸本屋「大惣」は名古屋にあった。江戸時代、滝沢馬琴や十返舎一九なども同店に出入りしたという。当時、日本で最古最大規模の貸本屋であった。大正初年に廃業した。

一八七二年（明治五年）、一三歳で増田白水の私立白水学校で漢籍を学び、漢詩を作る。同年、当時の名古屋県の英語学校（通称洋学校）に入り、本科で英語を学ぶ。

一八七四年（明治七年）、一五歳で官立愛知外国語学校に入学する。同年末、学校名が愛知英語学校と改まる。一八七五年（明治八年）、一六歳で同校のアメリカ人教師からシェイクスピアの講義を聴く（特に『ハムレット』の有名な台詞など）。この時の講義で受けた刺激が後のシェイクスピアの全戯曲の翻訳につながっていったと思われる。

一八七六年（明治九年）、一七歳で東京開成学校普通科に入学し、高田早苗、天野為之、市島健吉らと知り合う。翌年、同校は東京大学と改称される。ここでは、英文学の教科書としてアンダーウッド（Anderwood）の『袖珍英文学』（*A Hand-Book of English Literature*）

が用いられた。この本は英文学史の参考書とも言うべきもので、逍遥の後の作品『当世書生気質』にもたびたび登場する。一八七九年（明治一二年）、二〇歳で東京大学予備門を修了、文学部本科（文学部政治経済学科）に進むのである。一八八三年（明治一六年）、大学を卒業して、文学士の称号を受ける。同年、東京専門学校の講師となる。

以上の経歴を見て最初に注目すべきは、逍遥が幕末の生まれで、まず寺子屋に学び、貸本で江戸の戯作文学や歌舞伎に親しんだことである。さらに現在の中学校時代には漢籍を学んでいる。つまり、逍遥が最初に受けた教育は、江戸時代の伝統的な学問であり、伝統芸能だったのである。そこに明治維新という変革の大波が押し寄せる。明治元年は逍遥が九歳の時であるが、明治維新という歴史的大変革は言うに及ばず、明治初期の西洋文化の夥しい流入が彼に大きな衝撃を与えたことは間違いない。

逍遥が西洋の教育を受け始めるのは、一五歳の時、外国語学校に入学してからである。そこで本格的に英語を学ぶ。前述したように、シェイクスピアについての授業も受ける。この時、逍遥の中で日本の伝統文化・学問と西洋文化・学問の一種の「葛藤」が起こっていたはずである。この「葛藤」を逍遥はその文学活動を通して、どのように乗り越えたのであろうか。

3　逍遥と高田早苗

逍遥は東京大学で高田早苗（半峰）らと知り合い、高田の勧めで西洋文学（英文学）を読み始める。そして一八八〇年（明治一三年）、二一歳の時に『ラマムアの花嫁』の翻訳、『春風情話』を刊行するのである。

逍遥が本格的に英文学、そしてスコットの作品に接するようになったのは、明治一一年から一三年、一九歳から二一歳にかけての時期であったことがわかる。この間、特に友人の高田早苗による読書や勉学の面での影響が大きかったことは明らかである。特に外国文学に関する高田の影響について、逍遥は次のように書いている。

外国文学に対する好尚は、今もいった通り、主として半峰君の誘発にもとづいて助長された。同君の感化は、在学当時の私には、種々の点で著大であった。（高田早苗『半峰昔ばなし』（『明治大正文学回想集成』六、日本図書センター、一九八三年）、五六ページ。なお、同書の初版は昭和二年（一九二七年）、早稲田大学出版部刊）

高田早苗は、後に大隈重信を支え、東京専門学校（後の早稲田大学）を創立し、さらに政治家となるのであるが、東京大学在学中は逍遥の最も親しい友人であった。ところで、高田の親しい友人に丹乙馬という人物がいて、高田によれば、この丹は非常に英語が優秀で、読書力に於いて同級生中無比の人であった。この人物が日本で西洋小説（イギリス小説）というものを初めて読んだ一人であると言う（前掲書、四五―四六ページ）。この丹の勧めで高田は英文学を読むようになったとのことである。高田はスコットの作品との出会いを次のように記している。

丹君は初めて西洋小説―その書は何であったかは忘れた―を自分で読み、その事を私に物語って非常に面白いものであるから是非私にも一読せよと勧めた。私もその気になり、二、三冊西洋小説を読み出した。すると一日、散歩に出たおり、古本屋で『ウェバレー・ノヴェルズ』と題した金縁の立派な本を見付けて、ノヴェルは小説と心得ているところから、安く値切ってそれを買って帰って耽読した。（前掲書、四六ページ。現代仮名遣いに直した）

こうして、高田はスコットの『ロブ・ロイ』(*Rob Roy*, 一八一八)、『アイヴァンホー』(*Ivanhoe*, 一八一九)、『ケニルワース』(*Kenilworth*, 一八二一)、『タリズマン』(*The Talisman*, 一八二五)などを読み耽り、面白くてたまらなくなって、丹と共に「西洋小説通」になったのである。さらに高田は逍遥にも西洋小説を読むことを勧めて、逍遥もまた西洋小説通の一人になった。彼らは東京大学で英文学を学んでいたので、ここでたびたび出て来る「西洋小説」はそのままイギリス小説と考えても差し支えないと思われる。

当時の東京大学では、文学部の課程として、シェイクスピア、チョーサー、スペンサー、ミルトンなどの作品の講読が行われていたし、図書館にも、スコット、ブルワー・リットン、ディケンズ等の作品が収蔵されていたが、逍遥自身の語るところによれば、明治一三、一四年頃の東大で西洋文学に興味を持っていた学生は案外少なく、丹、高田、逍遥、それに岡倉覚三(後の天心)くらいであったと言う(前掲書、五〇—五一ページ)。

いずれにしても、このような経緯で逍遥とスコットは出会うことになったのであるが、その親友たちがいなければ、日本へのスコットの紹介・翻訳もかなり遅れていたであろうし、またかなり違った形のものになっていたことであろう。

4　逍遥と『春風情話』

第一章で触れたように、一八八〇年（明治一三年）、逍遥は友人の兄である橘顕三という人物の名前を借りて、スコットの小説『ラマムアの花嫁』の翻訳『春風情話』を慶應義塾出版社（代表は中島精一）から出した。尤も実際に訳したのは『ラマムアの花嫁』の第二章から第五章の途中までである。この時、逍遥は二一歳、東京大学文学部の学生であった。弱冠二一歳の学生が、一部分とは言え、イギリス小説の翻訳を行い、出版するというのは、当時としてもかなり異例のことであったと言えるのではないだろうか。

さらに逍遥は明治一五年（一八八二年）から様々な文章を新聞に発表したり連載したりするようになる。明治一六年（一八八三年）、二四歳で東京大学文学部政治学及び理財学科を卒業した。因みに、当時の東京大学文学部は文学だけを専攻させるのではなく、政治学、経済学、哲学、英文学、国文学、漢文学、歴史学など、様々な分野の学問を教えていた。同年、逍遥は高田早苗の推薦で東京専門学校（現在の早稲田大学）の講師となる。『春風情話』は逍遥の処女出版であると同時に、日本に初めてスコットの小説を紹介した作品として、極めて意義深い作品であると言える。

なお、『春風情話』については、第三章で詳しく論じることにする。

5 逍遥と『春窓綺話』

一八八四年（明治一七年）、逍遥は二五歳で『泰西活劇春窓綺話』上・下二巻を発表する（坂上半七発行）。これはスコットの物語詩 *The Lady of the Lake*（『湖上の美人』、一八一〇）を散文に訳したものである。正確に言えば、高田早苗、逍遥の共訳であるが、漢詩の一部は天野為之（一八六一―一九三八）によるものであった。天野為之は、明治・大正期の経済学者である。東京大学で高田早苗と同級となった。一八八二年、大隈重信と共に東京専門学校の創立に参加し、後に第二代学長を務めた。

さて、この本が出版に至るまでには、ある経緯があった。最初、一八八一年（明治一四年）に、高田が始めた翻訳を逍遥が引き継ぐ形で完成し、出来上がった訳を『春江奇縁』という題名で出版しようとした。しかし、版権を得ただけで出版には至らなかった。約三年後、この訳を高田が恩師、服部誠一（撫松）のところへ持っていった。服部はこれを『春窓綺話』という題名に変え、さらに本文を添削して、「服部誠一纂述」と称して出版するに至ったのである（柳田泉、前掲書、一一九ページ）。

服部の添削や潤色はかなり多かったようで、逍遥自身、この本が自分の筆に成るものと言っても服部に書き直してもらった作文のようなものであることを認めている（柳田泉、前掲書、一一九ページ）。

『春窓綺話』は逍遥が生活費や学資稼ぎのために書いた文章という印象を免れない。この頃、逍遥はたびたび新聞への投書なども行っているが、文章の練習と収入目当てという両方の目的があったのであろう。

『春窓綺話』の最初に「自序」と題した文章があるが、これは服部によるものである。その内容は、一言で言えば、民権論（民主主義論）である。漢文体で書かれているが、その冒頭部分を読み下し文に直して引用する。


国有れば則ち民あり。民有れば則ち権有り。民は国の基本なり。権は民の城郭なり。基本は鞏固ならざるべからず。基本、鞏固ならざれば、則ちその国独立せず…。（同書、六五ページ）

要するに、民権は国家の基本であるとして、その重要性を論じているのである。さらに、小説は人情を描くものであるから、政治を論じる者は小説によって人知を導く手段とすべきであるとも論じている。

しかし、こういった政治論的な趣旨の文章は、ロマンティックな物語詩である『湖上の美人』の内容とは直接関係がなく、言わば浮いてしまっている印象は否めない。次第に政治熱が高まって来た明治一〇年代の後半という時期を考慮に入れたとしても、牽強付会という感じがする。ただ、これは服部の文章であって、逍遥とは全く関係がないので、仕方のないことかもしれない。

柳田泉は『春窓綺話』や『梅蕾余薫』(『アイヴァンホー』の翻訳)の政治的要素について、次のように述べている。

…これらは単に詩としてまたは歴史小説として読まれたのではなく、政治のころもをかけられ、政治小説という触れ込みで歓迎されたのである。しかしもちろんそのころもは、要するにころもに過ぎなかったので、そう大いに歓迎されるというわけにはいかず、わずかに当時まだ愛読者の多かった馬琴流の稗史趣味と通じたものがある点で、『梅蕾余薫』

が比較的多く読まれたにとどまった。（柳田泉『明治初期翻訳文学の研究』（『明治文学研究』第五巻、春秋社、一九六一年）、一七九ページ）。

第一章で述べたように、『梅蕾余薫』は、一八八六年（明治一九年）から一八八七年（明治二〇年）にかけて、牛山良助（鶴堂）訳で、春陽堂から出た。日本で最初の『アイヴァンホー』の翻訳である。

柳田の言うように、「政治」の衣を着せられた『春窓綺話』は、『梅蕾余薫』と共に、本来の文学作品の趣旨とは異なる目的で出版されたわけであって、時代の状況を表していると言える。

また、『春窓綺話』の挿絵は、『春風情話』の和風の挿絵とは全く趣を異にするもので、洋風である。そこで描かれている人物たちもイギリス人であり、着ているのも洋服である。翻訳の内容が逍遥たちの手をだいぶ離れたということもあって、『春風情話』とは趣向が異なることがわかる。

ところで、『春窓綺話』に大きな影響を与えた本として『花柳春話』がある。第一章でも触れたように、これは、正確には『欧洲奇事花柳春話』全五冊で一八七八年（明治一一年）から一八七九年（明治一二年）にかけて出版された。ブルワー・リットン原作の『アーネスト・マルトラヴァース』（一八三七年）と続編『アリス』（一八三八年）の抄訳で、訳者は織田純一郎である。

この本は当時、非常によく売れ、よく読まれたと言われているが、この両書の漢文直訳体の文章がよく似ているのである。実際、服部誠一は『花柳春話』の校閲者でもあった。さらに両書の挿絵の作者は同じ人物であるらしい。政治小説のような序文を付けたり、当時ベストセラーになった『花柳春話』に文体を似せたりして、評判や利益を得ようとした訳者の意図があまりにも見え過ぎる作品と言えるであろう。しかし、こういった諸々の事情は逍遥の手を離れた後のことであるので、仕方のないことかも知れない。実際、逍遥は数十年ぶりに『春窓綺話』を見直した時の状況を次のように記している。

…さうして譯述者は服部氏となつて、原譯者との縁が切れた為、刊本は贈つてもくれず、銭を出して買はうとも思はず、で、或時どこかで一寸内容の一端を瞥見して、「あゝ、いゝ加減に順序までも顚倒して作りかへたな」と思つたばかりで、數十年を經たのであつたが、今度四十餘年ぶりで、校正の為に讀んで見ると、撫松子は、存外、骨を折つて添削

もし潤色もして、處々は全ページを眞赤にしたらうとも想像される。（『逍遥選集』別冊第二、緒言、四ページ）

6　当時の翻訳作品の命名について

『春風情話』にしても『春窓綺話』にしても、それぞれの原作に付けられたタイトルは、内容とあまりにもかけ離れていると言わざるを得ない。これは逍遥の考えと言うよりは、当時の慣例のようなものであると言った方がよいであろう。当時は西洋の翻訳作品に「春」とか「花」とか「情」などという言わばロマンティックな言葉を加えるのが通例となっていたのである。

実際スコットの作品に限らず明治一〇年代の西洋文学の翻訳にはそういった類のタイトルが多い。概観するだけでも、『春宵夜話』（シェイクスピア『冬物語』『ハムレット』等）、『欧州奇聞花月情話』といったタイトルが見られる。この傾向はイギリス文学だけに留まらず、フランス文学などでも見受けられる。いずれにしても、こういった命名は必ずしも訳者の希望ではなく、世相や読書界の流行に敏感な出版社側の意向であったと言うべきであろう。逍遥自身、次のように述べている。

『春風情話』だの『春窓綺話』だのといふ表題は、其内容とは甚だそぐはない。今の人達はなぜこんなタイトルを附けたのかと不思議に思ふことだらう。これは、一つは漢文くづし全盛の余波でもあるが、一つには、織田純一郎といふ人がリットンの『マルトラヴァース』を『花柳春話』と、妙にエロチックな表題を附して漢文くづし式に自由訳をして世に出して大当りを博して以来、西洋小説の訳といへば、いつも「春」とか「花」とか、「情話」とかいふ風の外題を附けねば歓迎されない、と出版書肆がきめてしまつてゐるのだ。（同書、二ページ）

「自序」にしてもタイトルにしても、『春窓綺話』が原作者スコットのみならず、元の訳者の逍遥の手からも離れ、言わば一人歩きしてしまったということではないだろうか。

因みに、逍遥は同年、シェイクスピア『ジュリアス・シーザー』の翻訳である『自由太刀《じゆうのたち》余波鋭鋒《なごりのきれあじ》』を出版する。訳者名は逍遥の本名である「坪内雄蔵」になっている。この本がすべて逍遥による最初の完全な訳書ということになる。これは後のシェイクスピア全作品の翻訳という偉業につながっていく訳書であると言える。

7 『小説神髄』へのスコットの影響

『小説神髄』は一八八五年（明治一八年）に出版された（『明治文学全集』一六「坪内逍遥集」（筑摩書房、一九六九年）。なお、坪内逍遥に関する参考文献は、同書巻末に掲載されているもの（四一三―四一八ページ）に詳しい）。逍遥の文学論、特に小説論である。上巻と下巻に分かれ、上巻は「小説総論」「小説の変遷」「小説の主眼」「小説の種類」「小説の裨益」の各節から成り、下巻は「小説法則総論」「文体論」「小説脚色（しくみ）の法則」「時代物語の脚色」「主人公の配置」「叙事法」の各節から成っている。大まかに言って、上巻は小説理論、下巻は小説の方法論になっている。

この『小説神髄』に於けるスコットへの主な言及について見ていくことにする。

まず、逍遥は上巻「小説総論」の中の「エピック・ポエム（歴史歌）」についての説明で、デフォー、ブルワー・リットンと共にスコットも歴史を叙述するためにこの形式を用いたと述べている。

次に、上巻「小説の変遷」で逍遥が参考にしたのは、『エンサイクロペディア・ブリタニカ』第八版の小説論（「ロマンスについて」）で、これはスコットが執筆したものである。逍遥は他にもいろいろな文学評論を参考にしているが、特に近代小説についての説明の部分はスコットに準拠しているのである。内容的には、大体ロマンスからノヴェルへの変遷の過程を辿っている。

同じく「小説の変遷」の中で演劇に優る小説の持つ細密な描写力について、スコットの『ロブ・ロイ』を例に出して次のように述べている。

…イギリスの小説大家ウォルター・スコットの小説などには、ことにそうした面白さを与える細密な記文が多い。たとえば、この人の作『ロブ・ロイ』の中には、ある強賊の巣窟であった洞穴のさまを記すに当って、彼はわざわざ家を出て、昔そうした賊の住んだという洞穴まで赴き、細かにそのあたりを観察し、かつそのあたりに咲き出ていた種々様々な草花を残るところなく見てとって、これを備忘録に書きとどめたものである。そうして、やがて家に帰ってから、その洞穴のあり様を眼に見るように写し出して、物語の地の文章としたことがあった。こうした細微の景色を写してみせるのは、まことに面白いことであるが、これは、すなわち小説の長所であって、演劇の道具や背景などでは表現しかねる事柄であると思う。（柳田泉『「小説神髄」研究』（『明治文学研究』第二巻）、一一一―一一二ページ。なお、引用文の現代語訳はすべて柳田によるものである）

この『ロブ・ロイ』の例では洞穴についての細かい描写について述べられているが、小説と演劇を比較した場合に、小説は「人情世態」をより細かく描写し、読者の想像力に訴えることができるということを逍遥は示そうとしたのである。

次に、「小説の裨益」でスコットの言葉を引いて、歴史小説の持つ二つの利益について述べている。その二つとは、次の通りである。

（一）歴史小説によって、歴史の面白いものなることを知り、その小説のもとである歴史に心を傾ける

（二）歴史小説によって初めて歴史の大略を知る。すなわち現代から溯って昔のことに心をつけるのである。（同書、一六九ページ）

さらに、歴史と歴史小説の違いに関して、歴史は年月日は正確であるが、人情風俗はほとんど描けず、逆に小説は人情風俗や時代の真の姿を描くことができるとも述べ、その例として、一七四五年の反乱（いわゆる「ジャコバイト（Jacobite）の反乱」）に関して歴史学者の本よりもスコットの『ウェイヴァリー』（*Waverley*, 一八一四）の方が真の歴史を描いていると述べているのである（同書、一六九―一七〇ページ）。

次に、下巻「小説脚色の法則」ではスコットを例にして歴史と歴史小説の違いについて、次のように述べている。この節で逍遥の用いている「時代物語」というのは、「歴史小説」のことと考えてよい。

サー・ウォルター・スコットは歴史小説の大家で、いつも正史上の事実をその脚色の土台として、その小説を編んだものであるが、それではスコットの歴史小説と正史とは区別がつけにくいかというと、そうではない。一読して正史と違うところが、はっきりわかる。それが、何でわかるか。けだしこれは、ただ虚実の事柄を叙するの詳細なのと文飾の強弱多少とによるだけではないので、そのはっきりした区別は、「如意に正史の脱漏を補い得る」ことと、「歴史的人物と親昵をほしいままにする事」とにあるのである。

これのある無しで、正史か歴史小説かということがはっきりわかる。（同書、二六一ページ）

さらに、同じく「小説脚色の法則」で歴史小説の可能性について、スコットを例にして次のように述べている。

…事件人物（中略）以外、風俗、習慣、衣装なども、正史中には画くが如く写し出すというのは、むづかしい。小説家にとっては、それは、楽々とやれる上、いろいろ便利もある、活きた風俗史を作ることもできる。スコットなどは、この点よく時代小説の神髄を得たものである。風俗と時代とよく合っている。（同書、二六四ページ）

このようなことから、スコットの歴史小説が逍遥の小説観に非常に大きな影響を与えていることがわかる。

次に、「主人公の設置」の中で、想像力によって登場人物を作り上げる際の「先天法」に対するところの「後天法」という技法について述べているが、その技法を用いた作家として、ここでもスコットをその例として挙げているのである（同書、二八四―二八五ページ）。

さらに、「叙事法」の中で、歴史小説の冒頭にその時代の梗概や事実を掲げる必要性について、馬琴やスコットを例に挙げて、次のように述べている。

馬琴の『八犬伝』の発端には、長々しい安房国里見氏勃興の歴史物語があり、またウォルター・スコットの歴史小説にも、概して冒頭に二、三章の事実物語があって、自家の空想のもとづくところを語っている。これは、以上のような止むを得ない必要から出たものであると思う。（同書、二九三ページ）

以上が、『小説神髄』に於いてスコットが直接引き合いに出されている箇所であるが、他の箇所でも断片的にスコットについての言及が散見される。特に、「小説の変遷」の項目はほとんどスコットの著述に拠って書かれたものであり、全体的にも逍遥の小説理論の構築にスコットが大いに役立っていることは間違いないように思われる。

『小説神髄』に於いて逍遥が最も強調しようとした点の一つは、小説の目的であろう。この点について、逍遥は次のように述べている。

畢竟小説の旨とするところハ専ら人情世態にあり―大奇想の絲を繰りて巧に人間の情を織なし限なく窮なき隠妙不可思儀（不可思議）なる源因（原因）よりしてまた限なく定りなき種々さまざまなる結果をしもいと美しく編いだして此人の世の因果の秘密を見るがごとくに描きいだして見えがたきものを見えしむを其の本分とハなすものなりかし（『明治文学全集』一六「坪内逍遥集」、六―七ページ）

要するに、「人情世態を描き出すこと」が小説の目的だと言うのである。『小説神髄』で逍遥が縷々系統立てて述べたことは、究極的にその点に結び付いていると考えてもよいであろう。スコットを初めとした諸作家の例を引き合いに出しながら自らの小説論を展開した逍遥は、特にスコットの小説の作風に大きな影響を受け、その中から『小説神髄』を生み出したと言うことができる。つまり、スコットが『小説神髄』の源泉の一つになっていると言っても過言ではないのである。

8　逍遥の『英文学史』に見られるスコット

逍遥は一九〇一年（明治三四年）、本名雄蔵の名前で『英文学史』を著わす。発行は東京専門学校出版部であった。九一〇ページにも及ぶ大著である。その「緒言」の中で、逍遥はこの本がもともと東京専門学校文学科（現在の早稲田大学文学部）の講義録のために書いたものに修正を加えたものであると述べている。従って、この本の内容は逍遥の英文学史の講義を聴いた多くの学生に影響を与えたであろうと推測される。

この著書の中でスコットについて書かれている文章は三箇所である。

まず、イギリス近代文学のロマン派についての文章で、約七ページにわたって、スコットの生涯と詩や小説の代表作についてかなり詳しく述べている。同時にスコットの作家としての特質を把握し、高く評価している。

要するに、スコットは其の生國スコットランドの盛飾たり。蘇國人の諸特質は、殘る所なく、其の筆に寫され了んぬ。其の節儉や、忍耐や其の狡智や、其の貨殖や、其の生活に慈ならざる風土、氣候や、其の奇事や、其の史跡や、皆彼れが如意の筆に上りて廣く

世界に傳へられき。實にスコットランドはスコットの詩文の土（ランド）なりき。（逍遥『英文学史』、五七九ページ）

一方、注意すべきなのは、逍遥がスコットの作品の長所を述べるだけではなく、その短所と思われる点にも触れているということである。

蓋し、スコットはゲーテと異なり、過去と同化して其の神を捕へ得る底の作家にあらず。彼れの尤も好みし所は過去の風俗なり、出來事なり、武士の氣風なり、古雅の器具なり、其の過去の天地を描いて其の神に入る能はざりしは、亦た止むを得ざる結果なりき。（同書、五七七ページ）

このように、若い頃にスコットを耽読し、その作品のいくつかを翻訳した逍遥ではあったが、スコットを手放しで賞賛するのではなく、その至らぬ点にも目を向け、客観的に評価していることがわかるのである。

次にスコットについて書かれているのは、「歴史的小説」に関する文章の中である（同書、六三一―六三三ページ)。この中で逍遥は、スコットがいかに偉大な歴史小説家であるか、またいかに歴史小説を発展させたかということを述べている。一言で言えば、スコットは歴史に生命を吹き込んだと言うのである。

次にスコットについて述べられているのは、当時いろいろな種類があった定期刊行物に関する部分である。当時の保守派の機関紙のようなものであった『エディンバラ評論』(*Edinburgh Review*)との関係で、スコットの名前が出てくるのである。しかし、この部分ではスコットについての詳しい説明はなく、あくまで雑誌全般についての説明が中心になっている。

以上が逍遥の『英文学史』に於けるスコットに関する部分であるが、これらを読んでわかることは、逍遥がスコットを決して特別扱いせず、その作家としての特徴を言わば淡々と客観的に述べていることである。この本の出版から二〇年ほど前に『春風情話』や『春窓綺話』を出した経緯からすれば、スコットに対して、もう少し熱のこもった記述が期待されなくもないが、やはり文学史の性質上、自らの思い入れや感情を抑えて書いたのであろうか。他の作家とのバランスから言って、スコットだけを特別扱いしないのは、理解できなくもない。あるいは「文学博士　坪内雄蔵」がそうさせたのかも知れない。

9　逍遥の文学界や社会への影響

内田魯庵は、当時の社会に及ぼした逍遥の影響が非常に大きなものであったと述べている（『明治の文学』第四巻　坪内逍遥、「同時代人の回想　明治の文学の開拓者」四二〇—四二一ページ）。魯庵が指摘するところによれば、文芸に興味を持った当時の青年たちは、「文学士　春の屋おぼろ（逍遥の筆名の一つ）」の名に奮起して文学を志すようになったと言う（同書、四二一ページ）。当時、大学の文学部を卒業した者に与えられた「文学士」の称号は、現代とは比べものにならないほどの価値があったと言われている。今の文学博士にも匹敵するであろうか。その「文学士」逍遥が小説を書き、小説論を展開したことで、世間は非常に衝撃を受け、かつ大きな影響を受けたのであった。

当時、小説は「戯作」として卑下されていた。その「小説が文明に貢献する大いなる精神的事業であることを社会に知らしめたのは、逍遥の功績であった」（同書、四二一ページ）のである。この意味で、まさに逍遥は「明治の文学のエポック・メーカー」（同書、四二一ページ）と言えるであろう。

また、魯庵は早稲田の文学に対する逍遥の功績についても強調している（同書、四二一ページ）。早稲田大学文学部の創設者としての功績は言うに及ばず、「実業に於ける三田（慶應）に対する「文学に於ける早稲田」を確立した功績は極めて大きい。

これだけの文学的あるいは社会的な影響力を持っていた逍遥が、言わば駆け出しの頃、スコットの作品を選んで翻訳・出版したことは、文化史の点からも、また文学史の点からも、非常に大きな意味を持っていると言うことができる。

10　逍遥によるスコット作品の再構築

逍遥に於いてのみならず、明治初期に於ける英文学を初めとする西洋文学の流入は、近代日本の文化や文学に大きな影響を与えたわけであるが、それはただ漠然としたものではなく、例えば逍遥という一人の文学者を通して、その中で葛藤を経て、言わば濾過・抽出されながら浸透していったと言うことができる。つまり、西洋文学、特に英文学は、逍遥（だけではないが）にいったん取り込まれ、様々な葛藤の後に、翻訳や創作によって再構築され、それが日本の文化や文学に影響を与えたと考えることができるのである。そのことによって、明治初期独特の翻訳文化が形成されたことは間違いない。

逍遥は明治時代に於ける文学界の巨匠であるが、その文学活動の初期にスコットと巡り合ってその影響を受け、さらにその作品を翻訳したことは、極めて大きな意味のあることであった。スコットが代表する英文学と馬琴が代表する日本の伝統文学を融合させ、両方を生かしながら独自の文学世界を再構築したことは、文学者逍遥のアイデンティティを示していると言うことができる。この経験が逍遥のその後の文学活動の源泉になったと言っても過言ではないであろう。逍遥にとってスコットはまさに文学の師匠であった。この意味でスコットと逍遥の邂逅はまさに運命的なものであったようにさえ思われるのである。

第四章

スコット『ラマムアの花嫁』と坪内逍遥『春風情話』

1　逍遥による再創作

スコットの『ラマムアの花嫁』は、いわゆるウェイヴァリー小説の第八作で、一八一九年に発表されている。逍遥は一八八〇年（明治一三年）、この作品の一部を訳し、『春風情話』として出版した。前章ではスコットと逍遥の全体的な関係について考察したが、本章では両作品の内容そのものの具体的な比較検討を行い、逍遥によって原作『ラマムアの花嫁』がどのような形で受け入れられ、言わば再創作されたのかということを明らかにする。

2　『春風情話』の出版事情

東京大学在学中、逍遥は親友の高田早苗の影響でスコットを初めとしたイギリスの小説家の作品を読み始めるが、もともと幼少の頃から滝沢馬琴（一七六七―一八四八）が好きだった逍遥は、馬琴とスコットの間にある種の共通点があることに気が付いていた。そこから、イギリス作家の中でもスコットが非常に好きになったのである。

一八七九年（明治一二年）の冬休み中、逍遥は病気の兄の看病をしていた。その時の暗い気持ちと『ラマムアの花嫁』の持つ悲劇的な雰囲気が合致したようである。そこで、勉強のために同作を訳してみることにした。当初はいくつかに分けて出版する目的で第一編を出したのであったが、第二編以降は結局出版されなかった。

出版時の訳者は「橘顕三」となっているが、これは逍遥のペンネームというわけではない。橘顕三とは英語学校「進文学舎」の校長をしていた人物で、かつ逍遥の友人橘槐次郎の兄でもあった。逍遥はこの学校でアルバイトのために英語を教えていたのである。学生の身分の逍遥が自らの名前を前面に出すことについて遠慮し、橘に頼んで名前を貸してもらったのである。学生の身分ながら『春風情話』が出版の運びとなったのは、この橘顕三や後出する小川為次郎の力が大きかったようである（柳田泉『明治文学研究』第一巻『若き坪内逍遥』（近代作家研究叢書、日本図書センター、一九八四年）、一〇〇―一〇一ページ）。

3　『春風情話』の命名の由来について

『春風情話』というタイトルを見てすぐに気が付くことは、原作の内容と翻訳のタイトルの間に大きなギャップがあることである。原作『ラマムアの花嫁』は典型的な悲劇であるが、翻訳の方はいかにものどかでロマンティックな印象を与える。しかし、これは逍遥の意図するところではなかった。『春風情話』の命名について逍遥が述べていることについては、前章で紹介した通りである。

逍遥が若い学生であったということも、またそのために立場が強くはなかったということもあるであろう。こういった事情は現代の出版事情とそれほど変わらないように思われる。タイトルの成否がその本の売上げに大きく影響するので、著者の考えよりも出版社の方針が優先される場合がしばしばあるのである。

一方、本間久雄は「啓蒙的翻訳」の観点からこういった当時の翻訳作品のタイトルについて説明している。つまり、外国文学について何の知識もなく、また何の親しみも感じていない当時の一般読書界を啓蒙するために、そういった類の名前が付けられたというのである（本間久雄『坪内逍遥―人とその芸術―』（松柏社、一九五九年）、八三ページ）。ここに当時の翻訳文学の文化史的意義が認められるとも本間は述べている。

いずれにしても、『花柳春話』を始め、こういった命名の流儀が当時の流行であり、その中でより多くの売れ行きを期待したいという出版社側の事情があったことは確かであろう。

4　『春風情話』の梗概

ここで、『春風情話』該当部分の『ラマムアの花嫁』の梗概を紹介する（『坪内逍遥　二葉亭四迷集』（新日本古典文学大系、明治編一八、岩波書店、二〇〇二年）、六〇ページ）。なお、『春風情話』の校注は青木稔弥氏によるものである。

第壱套　スコットランド南東、イースト・ロージアン（East Lothian）にあるレイヴンズウッド（Ravenswood）の城と領地はかつて同名のレイヴンズウッド家のものであったが、一六八九年の名誉革命で大きく負けを取り、今はアシュトン（Ashton）家の支配下にある。物語は憤死したレイヴンズウッド家の当主アラン（Allan）の葬礼が掌璽官であるウィリアム・アシュトン（Sir William Ashton）の意を体した役人の妨害を受けることに始まる。喪主である息子のエドガー（Edgar）は断固とした態度で強行し、参列者の前でアシュトン家への復讐を誓う。

第二套　翌日、ウィリアムは報告を聞き、告訴も考えたが、レイヴンズウッド家の復讐の歴史が脳裏をよぎり、保留する。心優しい温和な愛娘のルシイ（Lucy）と散歩に出たウィリアムは配下の森林の番人ノーマン（Norman）からエドガーの秀でた武芸と武勇伝を聞かされる。

第三套　ルシイの勧めで、レイヴンズウッド家に仕えた老婆アリス（Alice）を訪ねたウィリアムは、忠告を受け、レイヴンズ家の恐ろしさを痛感する。

第四套　アリスの家からの帰り、暴れ牛に襲われたウィリアムとルシイは、危機一髪で見知らぬ若者に助けられる。二人きりになった何かいわくありげな若者とルシイの間には愛が芽生えそうな気配である。

この後、さらに『ラマムアの花嫁』の物語は続き、悲劇が展開される。簡単に言えば、仇敵同士の名家に生まれた悲劇の恋物語で、スコットランド版『ロミオとジュリエット』（*Romeo and Juliet*, 一五九四頃）ということになる。実際、スコットも『ロミオとジュリエット』を意識していて、冒頭に同書の一節が引用されている章もある。スコットの「ウェイヴァリー小説」全作品の中で唯一の悲劇的作品として、特異な位置を占めている。本書での梗概の紹介は『春風情話』で扱われている部分に留めることにする。

5　「春風情話　序」と小川為次郎

まず、表紙について触れておく。最初に「英国ソル、ヲルタル、スコット原著」とあるが、これはもちろん「サー・ウォルター・スコット」のことである。その次に、「日本橘顕三譯述」とある。さらに『春風情話』のタイトルの下に「壱篇」（第一編）とある。最後に「明治十三年四月出版」となっている。

本文の前に付けられた「春風情話　序」は、「春風のそよそよと吹きわたれば　空の色もいつしかとけしきばみて　四方の梢そこはかとなう打けぶり…」といった雅文体の名調子で始まっている。二ページにわたる序文で、小川為次郎（一八五一―一九二五）という人物が記している。

小川は、当時、統計院の役人であった。学生時代、高田早苗、橘顕三の友人であった。明治初期の英語学校「進文学舎」を再興した。同校は東京大学進学希望者の予備校的存在であった。逍遥は明治一四年（一八八一年）にここで教師のアルバイトをしている。因みに同校の創設は明治五年、儒医の橘機郎によるものである。小川は後に東京専門学校（後の早稲田大学）創立に尽力した。

さて、この序文には様々な古典などを踏まえた表現が頻出し、日本の古典文学や伝統芸能への小川の造詣の深さを窺わせる。わずか二ページの間に小唄、長唄、『源氏物語』、『枕草子』、『古今和歌集』、『千載和歌集』などからの表現が次々に出てくるのである。

この序文を見ただけで、我々は『ラマムアの花嫁』の原作とは、少なくとも表面上は全く異なった世界に案内されつつあることを知ることになる。それは紛れもなく、日本の伝統文化の世界であり、古典の世界である。ただ、当然のことながら、物語の舞台はイギリスであり、登場人物たちはイギリス人なのである。

また、小川は「序」を記しただけではなく、逍遥の訳文を添削してもいるのであるが、この点については後に述べることにする。

6　「春風情話　附言」

「春風情話　序」に続いて「春風情話　附言」がある。これも二ページにわたるものであるが、末尾に「訳者識（しるす）」とあり、逍遥自身による文章であることがわかる。逍遥が『ラマムアの花嫁』を翻訳した主旨や経緯が述べられているので、現代語訳を試みることにする。

この本は英国の文学者サー・ウォルター・スコットの書いたラマムアというもので、主にエドガー・レイヴンズウッドという者とルーシーという女のことを書いている。この物語は因果応報の理に基づいて、人情の細やかな部分や世の中の習わしの様々な相違について興味深く扱っていて、心ゆくまで描写して、非常に興味深い書物である。しかもその書き方も我が国で人気のある時代小説に大変似ているので、これを読んだ人は、遥かな海路を隔ててすべての様子が異なる国に於いても物のあわれの深い部分には違いがなく、それを描写する小説の類も自ずから趣旨が同じであることを知るはずである。特にこの本はスコットの数多い著述の中でもとりわけ優れた有名なもので、いわゆる悲劇の形をとって悲哀を主旨として、言葉が花のように美しく、表現もすばらしく、その着想の巧妙さに至っては誠に一唱三嘆のすばらしさがあると言うべきであろう。しかし、小生の拙い筆で書き写したので、こうなっては金玉の声も瓦礫のような響きに変わってしまうことが恥ずかしい。

小生、この本を訳すにあたって、原書のままではなかなか聞きづらくわかりにくい部分がやはり多いので、その大意だけを訳したところがかなりある。しかし、後の伏線や前章の照応とも見える箇所には必ず注意して、一字一句といえどもおろそかにせず、また言葉も子供にもわかることを旨としたので、とにかく馴染みやすく親しみやすいものを選んだ。さらに挿絵まで添えて、文中の気持ちを知らしめる助けにした。しかし、その挿絵は小生の余計な配慮で出来上がったものなので、文中の意味とはかなり違うのではないかという疑いを起こさせ、疑問に思う人も一方ではあるだろうが、それはこのような翻訳をするには仕方のないことであるとお許しを得たいと思う次第である。この物語はスコットランドという王国であったことである。そもそもスコットランドというのは、大ブリテン島の北部にあって、昔は独立した王国であったが、一六〇〇年の頃から初めてイギリスと合併して、その支配を受けることになった。このことは現代の子供は皆よくわかっていることであるが、それでも十人に一人くらいは知らない人がいるだろうから、そういう人のためにこのように注意しておくのである。

この文章によって、この翻訳の主旨と翻訳にあたって逍遥が特に留意した点が明らかになる。この中からキーワードをいくつか拾ってみる。「人情」、「世の中の習わし」、「物のあわれ」、「悲劇」、「悲哀」、「大意」、「挿絵」といったところであろう。引用の前半部分で逍遥の言わんとしたことは、洋の東西を問わず人情や感情は変わらないこと、日本で人気のある時代小説に似ていること、そして彼我の小説も結局本質的に同じであること、ではないだろうか。まさに、こういった点に逍遥の翻訳の主旨が表されているように思われるのである。

また、引用の後半部分では、「大意だけを訳したところがかなりある」こと、「馴染みやすく親しみやすい」言葉を選んだり、挿絵を用いたりしたことが記されているが、とにかくスコットの小説を当時の読者にわかりやすく伝えようとした逍遥の意志を示していると言える。さらにはスコットランドの歴史にも触れて、幼い読者の理解を助けようとまでしているのである。

7 『春風情話』の目次及び挿絵など

「春風情話　附言」に続いて、「春風情話　第壱篇目次」がある。この目次はスコットの原文にはないものである。ただ、「第壱篇」とは言っても、第二編以降は結局発行されなかったのであるから、事実上『春風情話』のすべてということになる。「第壱套」「第二套」「第参套」「第四套」に分かれていて、少しずれるがそれぞれ原文の第二章、第三章、第四章、第五章に該当している。各二行ずつ計八行の漢文がそれぞれの下に記されているのが特徴的である。

次に「巻中姓氏目次」がある。これも原文には見られないものである。ここでは、国王、貴族、武士、猟官、婦人、僧といった人物群の分類が成されている。特徴的なのは、それぞれの人物にすべて漢字が振り当てられていることである。例えば、アシュトン（Ashton）は「阿朱遁」、レイヴンズウッド（Ravenswood）は「烏林」、レイモンド（Raymond）は「令門士」、ロックハート（Lockhart）は「錠心」といった具合である。

その漢字の振り当て方には二種類あることがわかる。一つは「阿朱遁」のように音から漢字を当てる方式であり、もう一つは「烏林」のように意味から漢字を当てる方式である。

また両方を兼ねたような方式もある。こういったところにも逍遥の苦心の跡が窺われる。ここでは全部で十四名の人物が記されているが、読者の便宜を図るために出版社の要望で逍遥が考えたものと思われる。

「巻中姓氏目次」の次には「口絵」があり、四枚の絵に主要な登場人物たちの絵が描かれている。この部分ももちろん原作にはないものである。

一つ目は主人公「エドガー・レイヴンズウッド（威童苅烏林）」の絵で、「人呼テ烏林の長ト称ス」とある。「烏林の長」とは"the Master of Ravenswood"の訳である。裃と長袴を着て、腰に大小の刀を差し、右手に矢、左手に弓を携えた、まさに日本の江戸時代の武士の絵である。この絵の左上には、「磯がくれ　音せぬなみも　ときしあれば　空の海にやのぼりたつらむ」という和歌が記されている。これは「磯に隠れ音のしない波も時が来れば空の海に昇り立つだろう。今は不遇であるが、才能を発揮できる時節になれば、大空高く羽ばたくだろう」という解釈ができる（『坪内逍遥　二葉亭四迷集』、六七ページ）。なお、この歌の作者は「信亭」となっているが、この人物については不明とされている（同書、六七ページ）。

二枚目は「掌璽官（シヤウジノツカサ、Lord Keeper）」（官職としての国璽尚書）の「維廉阿朱遁（ウィリアム・アシュトン）」と「令門土（レイモンド）」の絵、三枚目は「妖婦獰夜奴（ネイヤド）」と「蟻巣（アリス）の媼（ウバ）」の絵、そして四枚目は「瑠紫阿朱遁（ルーシー・アシュトン）」の絵である。これらの人物たちも皆、エドガー同様、江戸時代の着物姿である。特にルーシー・アシュトンはきらびやかな打掛けをまとった美人の姫として描かれている。

これら四枚の口絵の最後には「応需　季参（ねんさん）」と記されている。「応需」とは「注文に応じた」との意で、絵の作者である季参に出版社から注文があったことを示している。

因みに、季参は年参とも書く。号は亭斎で、江戸時代の浮世絵画家である。三遊亭円朝の『牡丹燈籠』などの挿絵も書いている。

登場人物たちの名前の当て字と言い、挿絵と言い、原文にはない様々な趣向によって、逍遥は当時の読者たちの注意を喚起し、その物語世界に導くための手段にしようとしているのである。そして、その試みは成功していると言うことができよう。

8　『春風情話』の本文について

まず、本文の内容に入る前に、前述した小川為次郎による本文の添削について記しておく。逍遥は高田早苗の勧めで既出の小川に本文の訳文を見せて批評を受け、本文の数箇所の添削をしてもらっている（柳田泉、前掲書、一〇〇ページ）。その添削箇所について、逍遥は次のように述べている。

小川氏の添削は主として用字上、成語上に在ったことが解る。支那の故事や、『水滸伝』式、『紅楼夢』式の、念入りの叙景や形容は同氏の加筆である。アシュトン夫人のパッショネートな性格を叙して、たしか「情慾烈しき」と蕪稿には訳して置いたのを――勿論雅馴な訳ではない――それを同氏が誤解して多淫多情といふ意味に敷衍したことだけを慥かに記えてゐるが、さういふやうなをかしいことは、調べたら、まだ他にもあるだらう。（同書、一〇一ページ）

こうして見ると、小川の添削は、逍遥の文章の本質的な部分にまでは至っていないことがわかる。出版にあたって世話になる小川に対して逍遥が気を遣っているようにも見える。この時の逍遥の心情について逍遥自身は明らかにしてはいないが、上に引用した箇所から多少そうした要素を感じることはできないであろうか。

次に、本文中に見られる挿絵について述べておくことにする。

まず、第壱套の一対の挿絵には、「烏林の長」「堂利党」「警視有司（ヤクニン）」の絵があり、「夥兵（クミコ）を帥（ヒキ）ひて警吏葬礼を妨ぐ」との説明がある。「堂利党」とは「トーリー（Tory）党」のことである。エドガー・レイヴンズウッドが父の葬儀を妨げられる場面である。

次に、第二套の、これも二枚で一対の挿絵には、「瑠紫阿朱遁」「掌璽官」の絵があり、「糸肉（シニク）の美音　暗に掌璽官を惹く」との説明がある。「糸肉の美音」とは弦楽器の音と唄う声を意味する（『坪内逍遥　二葉亭四迷集』、八九ページ）。ウィリアム・アシュトンが娘ルーシーの洋琴を聴いている場面である。

次に、第三套の、やはり二枚で一対の挿絵には、「掌璽官」「瑠紫」「蟻巣の媼」の絵があり、「瑠紫に誘（イザナ）はれて掌璽官蟻巣の媼を訪（ト）ふ」との説明がある。ウィリアム・アシュトンがルーシーに誘われてアリスを訪ねる場面である。

最後に、第四套のやはり二枚で一対の挿絵には、「姓名未詳」の者、「掌璽官」「瑠紫」の絵があり、「暴牛（アレウシ）を撃殺して壮夫（マスラヲ）掌璽官父子（オヤコ）を救ふ」との説明がある。「姓名未詳」の者とはエドガー・レイヴンズウッドを指している。これはエドガーがウィリアム・アシュトンとルーシーを暴れ牛から救う場面である。

これらの挿絵が内容の理解に役立っているわけであるが、ここで重要なのは、その場面の内容よりは登場人物たちの出で立ちであり、江戸時代のような雰囲気であろう。あたかも日本の、しかも前時代の物語のような印象を強く与えることに成功していると言うことができる。

今度は本文について具体的に見ていくことにするが、これまで見てきたように、本文の前に「序」「附言」「目次」「巻中姓氏目次」、そして口絵が続いた。ようやく本文ということになるわけであるが、読者は、原著者がイギリスの作家スコットであるにも拘らず、訳者逍遥によって導き入れられた世界は、イギリスではなく、日本の、しかも前の時代である江戸時代の世界であることを、既に思い知らされている。そういう状態でさらに本文へと案内されるのである。

本文は原作の一部とは言え、六三ページに及ぶので、そのすべての部分について原文と訳文を照合することはしないが、重要な点について両者を比較検討することにしたい（詳細な校注は、前掲書『坪内逍遥　二葉亭四迷集』の青木稔弥氏によるものを参照）。
全体的に見てまず気が付くことは、漢文読み下し体で書かれていることである。しかも朗読にふさわしい名調子である。冒頭の部分を引用する。

聞道（きくならく）、往昔（そのかみ）「蘇格蘭」州の東、「魯志安」の山陰なる、要衝の地に「烏林」と云ふ一箇の堅城あり、これが城主の名は、同じく「烏林」と呼て、遠き上つ世よりその系統綿々として絶えず、家門富み栄えて、平彪武（ヘイヒューム）、素因遁（スヰントン）、道暗（ダウグラス）、なんど呼ばる〃当国の名高き豪族と、累世秦晋の縁を結び、権勢肩を並ぶるものなく、世に知られたる門閥なり、但し這些（これら）の豪族の興廃存亡につきては、云ふべき事も少からねど、そは大方「蘇国」（スコットランド）の青史に載せて委細（つまびらか）なるゆゑ、今はくだくだしきを厭ひて省きつ、…。

多くの現代人にとっては、振り仮名や注がなければ、円滑に読み進むことはできない文章かもしれない。しかし、明治時代の多くの人々にとっては、それほど困難なものではなかったのではないだろうか。参考までに、この部分の原文を記しておく。

In the gorge of a pass or mountain glen, ascending from the fertile plains of East-Lothian, there stood in former times an extensive castle, of which only the ruins are now visible. Its ancient proprietors were a race of powerful and warlike barons, who bore the same name with the castle itself, which was Ravenswood. Their line extended to a remote period of antiquity, and they had intermarried with the Douglases, Humes, Swintons, Hays, and other families of power and distinction in the same country. Their history was frequently involved in that of Scotland itself, in whose annals their feats are recorded.

(Sir Walter Scott, *The Bride of Lammermoor* (Adam & Charles Black, 1886), p.25.)

ここで気が付くのは、逍遥が二つの段階を踏んでスコットの原作を訳していることである。一つは、英文をもちろん日本語に移しかえているということ、もう一つは、それを日本の時代と風土に合わせた文章にしていることである。この二つ目の段階を行うにあたって、逍遥が考えたことは、「馬琴調」の文体を用いることであった。馬琴調とは、滝沢馬琴が用いた語調で、七・五調と八・六調を基調としている。独特のテンポを持つ歯切れのいい文体である。逍遥がこの馬琴調を用いた理由としては二つ挙げられる。一つ目は、先にも述べたように逍遥が馬琴に心酔していたためであり、二つ目は、馬琴調が読者に親しみやすいと思われたからである。逍遥は次のように述べている。

私が『春風情話』を馬琴調で書いたのは、馬琴調に心酔してゐたころであつたからなのだが、一つは、純粋な漢文くづしをスコットやリットンやデューマには不向きだと信ずる所があり、且つ馬琴調は、純大衆向きと高等讀者向きとの間を縫ふに適した文體であるとも思つてゐたので、いたづら半分、試み半分、變な譯をして見たのであつた。(『逍遥選集』別冊第二、緒言、二―三ページ)

このように逍遥は自らの馬琴への心酔について述べているわけであるが、同時に馬琴への世間の好尚が時代の雰囲気を強く支配していたことも、見逃すことができない事実である。馬琴は江戸後半期に於いて文壇の大御所的存在であり、明治以降もその影響力は大きかった（本間久雄、前掲書、九〇―九一ページ）。特に『南総里見八犬伝』は、当時のベストセラーであり、最も庶民に親しまれた作品だったのである。つまり、逍遥のみならず、スコットを受け入れる時代の素地として馬琴崇拝が浸透していたのである。

本間久雄は『春風情話』と馬琴について、次のように書いている。

『春風情話』一篇、實にかやうな馬琴式「書きざま」で始終してゐるのである。この意味で馬琴を度外視しては『春風情話』を充分には鑑賞し得ず、同時に又、重ねて云ふが、馬琴憧仰の當時の風潮を度外視しては、わが國に於けるスコット移入のことを十全には理解し得ないこと、なるのである。（同書、九三―九四ページ）

馬琴調をとり入れた『春風情話』の訳文は、実際、流れるような文章で、音読してみると耳に心地よく響く。恐らく馬琴調に慣れ親しんだ当時の一般庶民も非常に馴染みやすく読むことができたのではないだろうか。

さらに馬琴の影響と見られる他の点は、各套の初めに漢詩風の破題があったり、先に触れた「巻中姓氏目次」があるところなどであると言う（柳田泉『明治初期翻訳文学の研究』

(『明治文学研究』第五巻、春秋社、一九六一年)、二三四ページ。なお、同書の初刊は一八七八年(明治一一年)。「破題」とは、「漢文・漢詩などで、起首において直ちにその題意をうち出し述べる意で、詩賦の起首、八股文の首の二句などをいう。」(『広辞苑』第二版補訂版、岩波書店、一九七六年)。

以上で逍遥の訳文の文体や形式上の意義は明らかになったが、内容的にはどうであろうか。青木稔弥氏の校注中の指摘のように、スコットの原文に該当する文や表現がない場合が時々見られる。青木氏の校注に従って数えてみると、『春風情話』全編で八十数箇所にも及ぶ。そういった箇所では、逍遥が独自に文飾を施しているのである。これは言わば意訳であるが、ほとんどの場合、逍遥が文章の前後関係を補完するために行っているように思われる。あるいは訳筆の勢い余ってということもあるであろう。

いずれにしても、馬琴調と言い、意訳あるいは自由訳と言い、逍遥が当時の読者にわかりやすくするために意を用いた結果と見て差し支えないように思われる。因みに、細かな誤訳も数箇所見られるが、誤訳というものは当時も現在も翻訳には付きものであるから、本質的な解釈に関わるものでない限り、特に問題にする必要はないであろう。ここでは、誤訳についてはもちろん、原文を逸脱している箇所についての細かい検証は省くことにする。それは本稿の目的とするところではないからである。

因みに、逍遥が翻訳にあたって参考にしたのが萬亭應賀の『釋迦八相』であり、その要点は「人名、地名は原書のまま」にするということが記されているが、このことについての記述はこれだけであり、具体的な内容は明らかではない（『逍遥選集』別冊第二、緒言、三ページ）。

9　スコットと馬琴

明治文学研究で多くの業績を残した柳田泉は逍遥の次の言葉を紹介している。


自分は馬琴好きから、馬琴とスコットが一脈相通ずるものがあるので、スコットが好きになった。そして筆ならしとして此の作を訳して見る気になった。

原作は従来はあまり傑作とされてゐないやうであるが、あの何ともいへず悲劇的なところが自分の気に入った。あの時の自分の気持にぴつたりと来た。スコットの紹介翻訳に此の作を選んだ点など、或は特異といへばいはれやうか。（柳田泉『明治文化全集』一

四「翻訳文芸篇」（日本評論社、一九二七年）、解題）

この文章中、「あの時の自分の気持」というのは、既に述べたように、明治一二年（一八七九年）一二月、逍遥が病気の兄の看病のために熱海に行き、翌年一月までそこに滞在した時の気持ちを指している。この時、逍遥はかなり悲壮感を抱いていたようである。それが数多いスコットの作品の中でも唯一の悲劇と言われる『ラマムアの花嫁』を選んだ大きな理由だったのである。つまり、江戸時代の戯作文学、特に馬琴に深い馴染みのあった逍遥が、スコットの作品の中に馬琴との共通点を見出しつつ、さらに兄の看病にあたっての暗い気持ちから『ラマムアの花嫁』の翻訳を始めたわけである。

『春風情話』と『八犬伝』を読み比べてみると、文章の感じが非常に似ていることがわかる。感じと言うと曖昧な表現であるが、文章の雰囲気とでも言うべきものに共通する要素が見られるのである。馬琴調の文体がそうさせるのであろうが、逍遥が馬琴に心酔していたということからすれば、少しでも『八犬伝』の雰囲気を再現しようと逍遥が努めたことの自然な結果であると見ることもできる。まさに、「『春風情話』の訳者は、馬琴を念頭に置いて、スコットを訳出したと云ってよい」（本間久雄、前掲書、一一四ページ）のである。

このように、逍遥の馬琴への思い入れが、まさに『春風情話』の大きな特徴であり、また逆に言えば、一種の限界でもあったように思われるのである。

この意味で、少なくともこの時点に於いては、馬琴調をとり入れた逍遥の判断は正しかったと言ってよいであろう。逍遥は馬琴調によって、スコットの作品をスムーズに伝えることに成功し、同時にスコットの小説も人情の機微を伝えようとするものであるということを示すこともできたのである。

ただ、スコットと馬琴の共通点はあくまで表面的なものに過ぎないという指摘もある。本間久雄は次のように述べている。

　尤も、スコットと馬琴とには、共通したものがあるとしても、それは作の構造上、又は文体上の、外的な、云はゞ皮相的な事柄に関したことにとゞまり、作家としての二人の本質又は神髄は全く異つてゐた。といふのは、スコットは歴史の乾燥した記録の中に、「人間」そのものを認知した純粋の作家であつたのに比して、馬琴は、一切の事柄を勧懲主義という鋳型の中に嵌め込んで観察し、取扱つた一種の説教者（プリーチャー）であつたからである。（同書、一一四ページ）

逍遥は『春風情話』刊行の五年後、『小説神髄』を著わし、馬琴に批判的な姿勢をとることになるのであるが、この時期の馬琴による大きな影響が一つの成長過程として逍遥の文学活動の足跡の中に残ったことは間違いないであろう。

10　本文の他の工夫について

前項では『春風情話』本文の内容や作風についての全体的な特徴を考察したが、ここでは、それ以外のやや細かい工夫について見ることにする。

第一の特徴は、英語の固有名詞の当て字である。人名については既に触れたので、地名について例を挙げると、蘇格蘭（スコットランド）、魯志安（ロシアン→ロジアン）、日耳曼海（ゼルマンカイ→ゲルマンカイ）、恵仁張または恵心張（エジンバル→エジンバラ）、西班牙（イスパニア）、蘭丸守（ランマルムール→ラマムア）、陳東（レジントン）、風露田（フロデン）などがある。

第二の特徴は、四字熟語が頻繁に用いられていることである。例えば、興廃存亡、内乱外患、古往今来、謙遜卑譲、沈魚落雁、善柔寡断、無為安楽、閑話休題、高楼大廈などである。こういった四字熟語を頻繁に使うことによって、文章に荘厳さや格調の高さを与える効果があると言える。

第三の特徴は、「白話語彙」が時々用いられていることである。「白話」とは中国語の口語である。普通の漢文の訓読に対する「白話訓読」があり、その場合、和語の意味をそのまま読みにするのである。例として、只顧（ひたすら）、霎時（しばし、しばらく）、東西（もの）、造化（しあわせ）などが見られる。こういった語法は馬琴や夏目漱石などもしばしば用いているものであると言われている。

第四の特徴は、掛け言葉や枕詞の使用である。掛け言葉の例としては、「あな憎やこの障子、あな憎や掌璽官」（「しょうじ」を掛けている）、「聞くとは知るや白糸の」（「知る」と「白」を掛けている）、「説解（ときわかり）かねて」（時分かりかねて）、「呉竹の」（「暮れ」を掛けている）などがあり、枕詞の例としては、「日」にかかる枕詞の「茜刺（あかねさす）」、「外（よそ）」にかかる枕詞の「あら垣の」などがある。いずれも古文ではよく見られる用法であって、文章に流れるようなリズムや読み易さをもたらしていると言える。

第五の特徴は、慣用句の使用や古典からの引用である。慣用句については、江戸時代の読本などでよく見られるものを用いている。例としては、読者を意味する「看官」、呼びかけの声を表す「ヤヨヤ」、汝を意味する「阿女（おこと）」、例えば十六歳を意味する「年歯（よはひ）二八」などがある。古典からの引用としては、『太平記』、『論語』、『史記』、『古今和歌集』、『百人一首』、『万葉集』などがあり、縦横無尽に様々な作品からの引用を駆使している。

さらに、当時としては既に古典と言えたかどうかわからないが、逍遥の親炙する『八犬伝』からの語句の引用や用例の模倣がある。例えば、『春風情話』の最後は、「そも此者は何人（なんびと）ならん、又壮夫（ますらを）は何者ぞ、そは次篇の始にいたりて説くべし」という文章で終わっている。読者に呼び掛けて、次回に期待を持たせているわけであるが、これはまさに『八犬伝』のスタイルなのである。尤も、『春風情話』は、『八犬伝』と違って、この第一篇で終わってしまい、続編が出ることはなかったのであるが。

第六の特徴は、英語表現の大胆な意訳である。例えば、authority（面目）、impossible（いと訝しき）など、多数の例がある。まさに枚挙に暇がない。文章全体の意訳については前述した通りであるが、個別にとり上げても興味深い例があり、逍遥による工夫の跡が見られる。

こういった様々な特徴により、『春風情話』は原作『ラマムアの花嫁』とは異なった独自の表現形式を得て、馬琴調の和風の物語として語られるのである。

11　逍遥による独自の世界

柳田泉は、『春風情話』について次のように書いている。

『春風情話』は、先生（逍遥）の処女出版であるのみならず、スコットの作を日本に紹介した最初のものとして、今日でも翻訳文学史上大いに注目すべきものとなっている。（柳田泉、前掲書、一〇一ページ）

確かに柳田の言うように、『春風情話』は、スコットの紹介・翻訳史上の記念碑的な意味に於いても、また逍遥自身の文学活動の最初のステップとしても、非常に重要な作品であることは間違いない。しかし、それだけに留まらず、作品の内容の点でも大きな意味を持つものであることが、これまで述べて来た中で明らかになったように思われる。それは、

『春風情話』に於いて西洋小説と日本の伝統文化との融合が見事に実現しているということである。

明治初期に於ける西洋文学の流入は、日本人にとってまさに大きなカルチャー・ショックであった。明治維新が政治・社会的な大変革であったのと同様に、文化的な大変革であった。日本の文人たちはそれに対して様々な反応を示した。当然のことながら、一方では、当惑や摩擦や拒絶もあった。また一方では、従順や模倣もあった。そういった様々な反応が見られたことは、当然のことであろう。しかし、逍遥は少なくともスコットを彼なりに受け止め、消化・吸収し。その作品を基に再創作を試みたのである。

『春風情話』はただ単にスコットの一作品の翻訳ということに留まらず、日本の伝統文化を背景にした逍遥の知識、教養、感性が見事に溶け合い、独自の世界を作り出している。そこに見られる東西文化の調和は他に類を見ないものである。それは逍遥が数年後に『小説神髄』で述べることになる小説に関する基本的な考え方に一致する。つまり、小説の主眼は、洋の東西を問わず、「人情世態」にあるということである。逍遥は後に『小説神髄』に於いて展開したその小説論をこの『春風情話』に於いて早くも実践していたと言うことができるのである。

第五章

ウォルター・スコットと夏目漱石の『文学論』

1　スコットと漱石の接点

夏目漱石（一八六七―一九一六）は、言うまでもなく、日本を代表する国民的作家であり、英文学者でもあった。作家である前に、まず英文学者であった、と言ってもよいであろう。ここでは、英文学の中でも特にスコットと漱石の接点について、見ていくことにする。

漱石が英文学の強い影響を受けていたことはよく知られている。英文学だけではない。他にドイツ、フランス、ロシア、ノルウェー、スウェーデン、イタリア、アメリカの各文学からも影響が入っていると言われている（板垣直子「夏目漱石と英文学」、吉田精一編『日本近代文学の比較文学的研究』（清水弘文堂書房、一九七一年）、二〇〇ページ）。しかし、これら諸外国の文学の中でも英文学からの影響はとりわけ大きなものであった。

漱石が影響を受けた英文学の作家を挙げると、ジョージ・メレディス（George Meredith）、ジョナサン・スウィフト（Jonathan Swift）、ロレンス・スターン（Laurence Sterne）、チャールズ・ディケンズ（Charles Dickens）などである。これらの作家たちの作風や手法は漱石の文学に様々な影響の足跡を残していることが知られている。

さて、漱石は一八九〇年（明治二三年）に東京大学の前身である東京開成学校に入学し、主にイギリス人教師ジェイムズ・メイン・ディクソンから英文学の講義を受けた。そこで恐らく初めてスコットの名前と作品を知ったのであろう。スコットの他には、マシュー・アーノルド（Matthew Arnold）、シェイクスピア（William Shakespeare）、ミルトン（John Milton）、バイロン（George Gordon Byron）の作品を読んだらしい。ただ、ディクソンに対する漱石の評価は必ずしも芳しいものではなかったようである。

漱石は大学での英文学及びディクソンとの出会いについて、次のように述べている。

私は大學で英文學といふ専門をやりました。其英文學といふものは何（ど）んなものかと御尋ねになるかも知れませんが、それを三年専攻した私にも何が何だかまあ夢中だつたのです。其頃はヂクソンといふ人が教師でした。私は其先生の前で詩を讀ませられたり文章を讀ませられたり、作文を作つて、冠詞が落ちてゐると云つて叱られたり、發音が間違つてゐると怒られたりしました。試験にはウオーヅウオースは何年に生れて何年に死んだとか、シエクスピヤのフオリオは幾通りあるかとか、或はスコットの書いた作物を年代順に並べて見ろとかいふ問題ばかり出たのです。(「私の個人主義」、『夏目漱

石集』(現代日本文学全集一一、筑摩書房、一九五四年)、三九九ページ)

漱石は三年間、英文学を学んだものの、「何が何だかまあ夢中」の状態であった。特にディクソンの教え方や試験の出題方法に対して、困惑や反発を覚えたであろうことは、想像に難くない。しかし、このディクソンから漱石が英文学に関する薫陶を受け、それがスコットの作品に直接触れる契機になったことは、間違いない。

漱石はこの頃から無我夢中で英文学に関する様々な知識を吸収し、その旺盛な読書力によって英文学の諸作品を読み始めたのであり、その中にスコットの作品も入ることになったのである。

2 スコットの『アイヴァンホー』と漱石の『文学論』

漱石の様々な小説にスコットの作品がどのような影響を与え、その影響がどのような形で現れているのかを具体的に検証するのは容易なことではない。しかし、少なくとも、スコットが最初英文学者としてスタートした漱石に大きな刺激を与えた作家の一人であったことは間違いない。その明確な証拠は、その『文学論』（一九〇七年、明治四〇年）の中にある。つまり、漱石はその中で『アイヴァンホー』の一部をとり上げて、直接論じているのである。

漱石の『文学論』で『アイヴァンホー』の一節が論じられている事実それ自体はよく知られているように思われる。しかし、これまでその具体的な内容について十分な考察が行われたかと言えば、必ずしもそうとは言えないのではないだろうか。この章では、最初に『文学論』の中で『アイヴァンホー』が論じられている内容を分析し、さらに漱石が『文学論』を執筆した経緯なども確認しながら、スコットの『アイヴァンホー』が漱石の文学理論にどのような形で関わっているのかということを考察していくことにする。

まず、漱石の『文学論』の全体を概観してみよう。構成としては、大きく五編から成り、さらに各編はそれぞれ数章に分かれている。具体的には、第一編は「文学的内容の分類」、第二編は「文学的内容の数量的変化」、第三編は「文学的内容の特質」、第四編は「文学的内容の相互関係」、そして第五編は「集合的F」ということになる。この中で『アイヴァンホー』について書かれているのは、第四編の中の第八章「間隔論」に於いてである。

漱石の『文学論』の大きな特徴を一言で言うとすれば、主として英文学のありようを極力、科学的・理論的に捉えようとしているということになるであろう。『文学論』冒頭の文学的内容の形式について読み始める時、我々はそこに「F＋f」なる数式が登場することに、少し驚かされる。漱石によれば、「Fは焦点的印象または観念を意味し、fはこれに付着する情緒を意味す」るとのことである。簡単に言えば、Fは「観念」、fは「情緒」ということになる。さらに読み進むと、この「F＋f」というのが、全編を通じての絶対的な公式と言うか定理のようなものであることがわかる。ただ、後で触れることになるが、文学を観念と情緒の二つにはっきりと分けることができるかどうかについては、疑問が呈されるところであろう。

とにかく全編が極めて分析的・科学的に書かれているので、あまり「文学論」という感じがしないのである。それもそのはずで、漱石は『文学論』に当時の最先端の心理学や社会学の理論を適用させようとしているのである。漱石は当時の心理学者や社会学者たちの著書を読み、そこからかなり影響を受けていると言われている。また同時に、英文学や漢詩など実に様々な作品から例を引き、そこまで展開させてきた自らの理論を実証しようとしているのである。文学的と言うよりは、良くも悪くもまさに科学的な追究姿勢であると言うべきであるように思われる。

3　『アイヴァンホー』第二十九章

では、スコットの『アイヴァンホー』がどのような小説なのか、簡単に見てみよう。これは十二世紀のイングランドを舞台にしたスコットの代表的な歴史小説で、主人公の騎士アイヴァンホーを初め、リチャード獅子心王やロビン・フッドといった、歴史上の人物や架空の人物、あるいは伝説上の人物が縦横無尽に活躍する華やかな歴史絵巻である。第一章で述べたように、日本でも明治期以降多くの翻訳が出ていて、有名な作品である。映画にもなって、数種類の作品が公開されている。

なお、『アイヴァンホー』については、拙著『ウォルター・スコット『アイヴァンホー』の世界』（朝日出版社、二〇〇九年）で詳しく述べているので、参照されたい。

さて、この『アイヴァンホー』の中で漱石が注目したのは、第二十九章である。馬上槍試合で負傷した主人公アイヴァンホーが敵方の城に囚われ、同じく捕らえられたユダヤ人の金貸しアイザックの娘レベッカの手厚い介抱を受けている。そこにリチャード王がロビン・フッドの応援を得て城攻めを開始し、アイヴァンホーたちを救出しようとしている場面である。ここで、床から起き上がれないアイヴァンホーのために、レベッカが城の外で展開される戦闘の状況を詳しく報告するのである。

漱石はこの場面について説明するに当たって、原文のすべてを引用するのは無理ということで、読者のために次のように状況を箇条書きにして示している。

読者（一）に主人公（Ivanhoe）の病に臥して蓐中（じょくちゅう）に呻吟するを記憶せんことを要す。（二）に妙齢の佳人薬湯に侍して慇懃なるを記憶せんことを要す。佳人の名はRebeccaなるを記憶せんことを要す。（三）にこの二人の城中の一室にあるを記憶せんことを要す。（四）に敵ありて城下に逼（せま）るを記憶せんことを要す。（五）に戦（いくさ）の起るを、戦の酣（たけなは）なるを記憶せんことを要す。（六）にIvanhoeの病をつとめて起たんとするを、Rebeccaのしひてこれを止むるを記憶せんことを要す。（七）に佳人の身を挺して、窓に凭（よ）り、堞下（てふか）の乱戦をIvanhoeに報ずるを記憶せんことを要す。（八）かくして眼下の光景は佳人の口を通じて、問答の間に、発展し来（きた）るを記憶せんことを要す。（夏目漱石『文学論』（「夏目漱石全集」第一四巻、角川書店、一九七四年）、二九五ページ）

これだけの状況を前提にして、漱石はさらに『アイヴァンホー』の原文を引用する（同書、二九五―二九六ページ）。

'Holy prophets of the law! Front-de-Bœuf and the Black knight fight hand to hand on the breach, amid the roar of their followers, who watch the progress of the strife—Heaven strike with the cause of the oppressed and of the captive!' She then uttered a loud shriek, and exclaimed, 'He is down!—he is down!'

'Who is down?' cried Ivanhoe; 'for our dear Lady's sake, tell me which has fallen?'

'The Black knight,' answered Rebecca, faintly; then instantly again shouted with joyful eagerness—'But no—but no!—the name of the Lord of Hosts be blessed!—he is on foot again, and fights as if there were twenty men's strength in his single arm—His sword is broken—he snatches an axe from a yeoman—he presses Front-de-Bœuf with blow on blow—The giant stoops and totters like an oak under the steel of the woodman—he falls—he falls!'

'Front-de-Bœuf?,' exclaimed Ivanhoe.

'Front-de-Bœuf!', answered the Jewess; 'his men rush to the rescue, headed by the haughty

Templar—their united force compels the champion to pause—they drag Front-de-Bœuf within the walls.'

—Chap.xxx.

この引用文の最後で漱石がChap.xxx. 即ち「三十章」と記しているのは、実際にはChap. xxix. 即ち「二十九章」の誤りであろう。

参考までに、この部分の和訳を記しておく。

「ああ、おそろしや! フロン＝ド＝ブーフとあの黒衣の騎士さまとが、壊れた矢来のところで、一騎打ちでございます。みんなはただまわりを取り巻いて、ワーワーと成行を見まもるばかりでございます。おお、神さま、圧制に苦しむもの、囚われの人間の味方として、どうか一撃を加えてやってくださいませ!」が、そのときまた彼女は、突然甲高い悲鳴をあげた。「あっ、倒れた! ——お倒れになった!」

「誰がじゃ? さあ、早く、どちらが倒れたのじゃ?」

「黒衣の騎士さまがでございます」彼女の声は、消え入るように弱かった。だが、すぐまた急に歓声をあげたかと思うと、「いえ、いえ、ちがいます！——ああ、神さま、有難うございます！——お立ち上りになりました。片腕だけでまるで二十人力のお働きです——あっ、剣が折れました——郷士の一人から斧をお取りになって——激しくフロン＝ド＝ブーフを打ち据えておられます——ああ、あの大男がよろめいて、うずくまってしまいました、まるで樵夫（きこり）の斧に倒れる樫の木のように——あっ、倒れました！——倒れました！」

「フロン＝ド＝ブーフがか？」

「そうでございます！　あの聖堂団騎士が先頭に立ち、いま兵士たちが救い出しに駆け寄りました——多勢に無勢、さすがの騎士さまもとまっておしまいになりました——みんなでフロン＝ド＝ブーフを城内に担ぎこんでいます」（スコット『アイヴァンホー』（中野好夫訳、「世界文学全集Ⅲ—9」、河出書房新社、一九六六年）、三〇四—三〇五ページ）

この場面を引用して、漱石は「間隔論」と銘打って独自の理論を展開するのである。

4　漱石の「間隔論」

そこで、漱石の理論を具体的に見ることにしよう。一般的に、作家が上記のような場面を記述する場合、著者（作者）の媒介がある、と漱石は言う。即ち、記事―著者―読者という図式になる。時には、間隔が縮まって、記事―読者というふうになることもある。つまり、著者と読者が融合しているのである。作家が登場人物の一人を代表して文章を書いた時は、最初から記事―読者となる。

漱石によれば、『アイヴァンホー』の場合、記事は城下での戦闘の光景になる。しかし、その戦闘の状況を述べるのは著者ではなく、レベッカなのである。従って、この場合の図式は記事―著者―読者ではなく、記事―R―読者となる。つまり、レベッカが作家に代わって戦闘の状況を説明するというわけである。この部分を漱石は次のように説明している。

> 吾人は進んでRebeccaに近（ちかづ）かざるを得ず、つひにRebeccaと同平面同位地に立たざるべからず。最後にR. の目をもって見、R. の耳をもって聴かざるべからず。R. と吾人との間に一尺の距離を余すなきに至って已（や）まざるべからず。しかるに

Rebecca は編中の一人物なり。戦況を叙述するの点において著者の用を弁ずるとともに、編中に出頭し没頭し、逶迤（ゐい）として事局の発展に沿うて最後の大団円に流下するの点において記事中の一人たるを免かれず。このゆゑに吾人は著者としての Rebecca と同化するかたはら、すでに記事中の一人たる Rebecca と同化しをはるものなり。（夏目漱石『文学論』、二九七ページ）

このようなことから、この状況は記事─著者─読者のような隔靴掻痒の感じは伴わず、また著者と読者が一体化した記事─読者でもない。そうではなく、読者が記事そのものの中に入り込んでいると言うのである。つまり、読者 記事 ということになるのである。読者と記事が一体化して、両者の間に間隔は存在しない。さらに言えば、記事と読者が一体になっているだけではなく、真の著者ははるか後方に置かれている。つまり、読者が自ら記事の中で活動して著者が円外にいるような「幻惑」が生じるのである。これを図にすると、読者 記事─著者ということになる。

以上が漱石の理論であるが、小説の一場面の読み方として非常に深いものがあると言える。普通はここまで綿密に読むことはないのではないだろうか。漱石の分析は極めて理論的であり、数学的とも言えるくらいであって、すべてこのような方法で書かれた「文学論」は後にも先にもないのではないかと思われる。この意味で、『文学論』は、少なくとも非常に独自であるという点で、際立っていると言うことができるであろう。

なお、スコットは「ロレンス・テンプルトン」という筆名で『アイヴァンホー』を書いている。その意味で『アイヴァンホー』は「三人称小説」と呼ぶこともできるであろうが、ここでは記事—著者—読者の関係だけに焦点を当てて考えてみた。

5 『文学論』執筆の経緯

では、そもそも漱石はどのような経緯で『文学論』を執筆したのであろうか。

よく知られているように、漱石は一九〇〇年（明治三三年）に当時の文部省の命令でイギリスに国費留学した。熊本の第五高等学校の教師だった頃である。しかし、イギリスに行ってから早くも数ヶ月で大学の講義を聴講するのをやめてしまい、残りの期間は殆ど下宿の自室に引きこもって、英文学の原書を読みあさったとされている。この間、漱石はしばしばメランコリックになったと伝えられていて、その状況がかなり病的なものでさえあったとする研究には事欠かない。

しかし、漱石はその間ただ原書を読んでいただけではなかった。読みながら気が付いたことを克明にノートに書き留めたのである。その分量は膨大なものになった。その時の状況について漱石は次のように書いている。

余は余の有するかぎりの精力を挙げて、購える書を片端より読み、読みたる個所に傍注を施こし、必要に逢ふごとにノートを取れり。はじめは茫乎（ぼうこ）として際涯のなかりしもののうちになんとなくある正体のあるやうに感ぜらるるほどになりたるは五六ヶ月の後なり。（中略）

留学中に余が蒐（あつ）めたるノートは蠅頭（ようとう）の細字にて五六寸の高さに達したり。余はこのノートを唯一の財産として帰朝したり。（同書、一〇ページ）

漱石が細かい文字で書き記したノートは、積み上げると二〇センチほどの高さになったのであり、文字通り膨大な分量となった。これが漱石のイギリス留学の「唯一の財産」だったのであり、大きな自信になったのである。漱石にとってイギリス留学がいかなる意味を持っていたのかということについては、多くの論考があり、様々な分析が成されてきたが、その内容についてここで立ち入ることはしない。ここで重視したいのは、漱石がロンドンの下宿で多くの原書に取り組み、それらを深く読解し、さらに気が付いたことをひたすらノートに書き留めていったという事実とその中味である。

漱石は帰国後もこの努力を続けた。こうして、『文学論』は出来上がったのである。その対象は、英文学の詩、小説、演劇、評論のあらゆるジャンルに及び、とり上げられている作家の数も多い。そして、漱石がとり上げて論じた作家の中にスコットがいるのである。

6 『文学論』に対する評価

帰国後、漱石は東京大学の講師になり、『文学論』は英文学を講ずる際の講義ノートになった。しかし、漱石が多大な努力を傾注して書いた『文学論』も、東京大学での英文学の講義ノートとしては、残念ながら必ずしも役立たなかった。と言うのは、漱石の英文学の講義は学生たちにすこぶる不評だったからである。

まず、漱石は「英文学概説」という講義を受け持った。その時の学生たちの反応について、吉田精一は次のように述べている。

しかし漱石のこの講義は、英文科の学生には不評であったらしい。それは前任者の小泉八雲の講義が、きわめて文学的であったのと対照的に、きわめて理屈っぽいものであったためである。そのうえに八雲に対する学生たちの敬慕がまだ強く、それを引きとめようとする運動が、学生たちの間にさかんであっただけに、八雲の後任者たる漱石や上田敏、英人講師ロイド等に対する、感情のしこりがのこっていたのである。（吉田精一「解説」（夏目漱石『文学論』）、四一五―四一六ページ）

どのような分野でも、前任者が非常に優秀であった場合、あるいは人間的に慕われていたような場合、後任者としてはやりにくい面があることは否定できない。ただでさえ、難しい状況や雰囲気が存在するわけである。そこへ、理屈っぽく難しい理論を講義で振り回されたのでは、学生たちが不満に思うのも無理はなかったであろう。ましてや、文学の講義なのであるから、なおさらである。吉田精一は、さらに続けて次のようにも述べている。

このような不評は、「英文学形式論」につづく「文学論」に対しても同様であった。八雲の講義が、元来「文学を創作するため」のもの、少なくとも「文学を鑑賞し、愛好するため」のものを目標とし、もっぱら鑑賞的解説を主としたのに対し、漱石の「文学論」は、文学を科学的に解析し、いわば英文学を通じて普遍的・客観的な心理を追求する種類のものだったからである。それまで八雲の講義になれ、八雲に心酔していた学生たちにとって、勝手のちがった感じのするのも止むを得なかった。(同書、四一六ページ)

確かに、前任者が学生たちが慕っていたあの小泉八雲であったため、その後任者としては、少しやりにくいということもあったであろう。しかし、それ以上に漱石の講義があまりにも理屈っぽいもので難し過ぎたというのが、学生たちに不評だった大きな理由だったのである。それは、例の「F＋f」という「公式」に始まり、全編を通じて理論的・科学的な『文学論』の内容を見れば、十分納得がいくことである。

『文学論』の内容に対する評価は当時の学生たちによるものだけではなく、最近に至っても必ずしも良いものとは言えない。中野好夫は、『文学論』について次のように述べている。

ご承知のように、文学というものを文学という内側ばかりから見ていたのでは、「文学とは何か」の解決は出ないというわけで、心理学、哲学、生理学の勉強まで動員して、例の「Fプラスf」つまり、事実プラス情緒なる公式で、文学の本質を分析しようというわけですが、なるほど、その分析は精緻をきわめています。一口にいえば、文学者自身はあまりやらない型の文学概論です。むしろ解剖学者が人体を解剖して、いろんな組織をわけ、一切の臓器を取り出して、さてそれらを寄せ集めたものが人体だとでもいっているような格好です。なるほど、これで人体は明らかになるかもしれない。だが、生命をもった人間というものにはなっていないと思うのです。人間になるためには、生命という何かわからんものが、その上にプラスされなければならない。いくら部分を集めたところで、生きた人間にはならないというのと同じで、Fプラスfで、たしかに漱石は精緻きわまる文学の解剖はやって見せていますが、やはり文学とは何かという問いには、いくら「文学論」を読んでも、解答は出ていないと思うのです。どうも文学には、Fプラスfだけでは片づかないものがある。結局、あれだけ精緻な分析にもかかわらず、文学とは何か、という問題は相変わらず残るということではありますまいか。それが偉大なる失敗作というところでしょうか。（中野好夫「漱石とイギリス文学」、日本近代文

学館編『日本近代文学と外国文学』（読売新聞社、一九六九年）、一二ページ）

また、中野好夫は別のところで、次のようにも述べている。

…植物学者が顕微鏡下に表皮組織を検し、真皮組織を検し、葉緑素、維管束を云々したところで、植物自身を説明することは不可能であるのと同断である。（中野好夫「漱石と英文学」、『夏目漱石集（二）』（現代日本文學大系一八、筑摩書房、一九七〇年）、四九六ページ）

喩え方は違うが、文学とは何かという問いに漱石が答えていないということを言おうとしている点では、どちらの文章も同じ主旨であろう。科学的・分析的ではあるが、文学の本質には到達していない、ということなのである。

『文学論』に対する批判あるいは否定的な見方は、中野好夫によるものを初めとして、少なくない。実際、漱石自身、『文学論』について失敗作であることを認めているのである。

…色色の事情で、私は私の企てた事業を半途で中止してしまひました。私の著はした文學論はその記念といふよりも寧ろ失敗の亡骸です。しかも畸形児の亡骸です。或は立派に建設されないうちに地震で倒された未成市街の廢墟のやうなものです。(「私の個人主義」、前掲書、四〇一ページ)

この「失敗の亡骸」のくだりは、漱石の『文学論』について論じられる時に、必ずと言ってよいほど引き合いに出される箇所であり、ある意味で有名な部分である。『文学論』についての様々な批判は、漱石自身によるこのくだりを念頭に置いて書かれたものであることは明らかであり、もし漱石がこのようなことを述べていなかったとしたら、そういった批判がどの程度まで成されていたかは、かなり疑問である。

7　「文学方法論」としての『文学論』

ここで注意すべきことは、漱石自身がそのような表現を使って『文学論』の失敗を自ら認めているからと言って、漱石の考え方を探る上で同書を全く考慮外に置いてもいいのか、ということである。『文学論』は漱石が小説とは別に自ら文学について語っている貴重な著作の一つなのであり、少なくとも英文学について多くを語っているという点で、その文学観を知る上で大きな存在意義を持っていると考えることができるのである。

矢本貞幹は「鑑賞者」の文学論と「創作者」の文学論を区別して、次のように述べている。

漱石の『文学論』は鑑賞者の文学論であるとともに創作家の文学論である。漱石は文学の研究者として大学に講義するかたわら、文学の創作者として小説を発表し初めていたから、創作家の面がつよくあらわれたのである。(矢本貞幹『夏目漱石―その英文学的側面』(研究社、一九七一年)、一〇一ページ)

つまり、『文学論』は漱石自身の作家としての準備には十分役立ったと言えるのである。『文学論』は漱石が英文学に関する多くの書を読み、自分の頭で考え、その考えたことを克明に記した、まさに自分のための創作準備ノートだったのである。

加賀乙彦は、この点について次のように述べている。

漱石が小説を書きはじめる前に、すでにこれだけの方法の自覚を持っていたことは感嘆すべきである。いや、漱石は小説家として立つ決意をひそかに胸中にいだきながら、「文学論」を書きつづったにちがいない。彼は、はじめに方法ありき、という作家なのだ。自分の体験を素朴に紙に移せば、それで小説だといえるような文学と漱石はきっぱり袂を分かっている。（加賀乙彦「作品論　小説の方法と「文学論」」（夏目漱石『文学論』）、四二九ページ）

確かに科学的・理論的過ぎる嫌いはあったかもしれないが、他の人間が考えたものではなく、まさにオリジナルな創作準備ノートだったわけである。それは『アイヴァンホー』の二十九章の一場面に対する独自の分析だけを見ても、容易に納得がいくことである。『文学論』は、漱石にとって、作家としてスタートするための言わばスプリングボードだったと言うことができるように思われるのである。

実際、漱石自身も、先に引用した自ら『文学論』の失敗を認めるくだりの後で、『文学論』がその後の考えや信念を築き上げる契機となったことを述べているのである。

然しながら自己本位といふ其時得た私の考は依然としてつゞいてゐます。否年を經るに從つて段々強くなります。著作的事業としては、失敗に終りましたけれども、其時確かに握つた自己が主で、他は賓であるといふ信念は、今日の私に非常の自信と安心を與へて呉れました。私は其引續きとして、今日猶生きてゐられるやうな心持がします。(「私の個人主義」、前掲書、四〇一ページ)

ここで重要なのは、「自己本位」という漱石の考え方であろう。ここで漱石の言う「自己本位」という言葉は、もちろん自己中心的であるとか自分勝手であるといったような意味ではなく、良い意味で自分自身に中心を置くということに他ならない。『文学論』は表面上は失敗であったかもしれないが、漱石はこれを書いたことによって、作家としてのある重要で本質的なものをつかんだに違いないのである。それは漱石自身が言うように、「自己が主で、他は賓であるといふ信念」ということであろう。この信念は創作家としての漱石を支える堅固な自信へとつながっていったのである。

この漱石の考え方あるいは信念は、先に引用した矢本貞幹の指摘にあるような「鑑賞者の文学論であるとともに創作家の文学論」に結びついていくように思われる。鑑賞者は原則的に受身でなければならないが、創作家は主体的でなければならないことは明らかである。そこに鑑賞者と創作家との明確な違いがある。『文学論』はまさに両者の立場を併せ持った論考ということになるのであろう。

結局のところ、『文学論』をあくまで一つの純然たる「文学論」として見ようとすると、そこには無理が生じる可能性がある。『文学論』は「文学論」というよりは、むしろ「文学方法論」と言うべきなのであろう。あくまで文学に関する一つの方法論として読めば、『文学論』は自然にその本領を発揮することになる。漱石が「方法」という言葉を好まなかったかどうかはわからないが、最初からそのようなタイトルを付けていれば、特に問題はなかったはずなのである。

矢本貞幹は、鑑賞者と創作者の対比からさらに論を進めて、漱石を技巧重視の作家であると述べている。

漱石は文学の創作に技巧を重んじた。後年の諸作品においてその構成や細かい技巧に工夫をこらしたことは明らかな事実として読者にわかるが、技巧の尊重はすでに早く『文学論』の主題となっている。技巧といっても細部にわたる言葉の使いかたや字句の配置ばかりでなく、材料の扱いかたや作品の構成の仕方などを意味するとすれば、作者の構想力に関係してくる問題で、広く文学の技術論と言ってもよい。(矢本貞幹、前掲書、一〇三ページ)

我々が初めて膨大な分量の『文学論』を目にする時、そこから感じ取ることができるものは、漱石の、努力という範囲を超えたまさに執念とも言うべき研究に対する気魄である。そこには文学の本質に対する追究というよりは、文学の方法や技術を究めようとする漱石の姿勢が明確に現れているのである。

要するに、『文学論』は、「鑑賞者」から「創作家」へと移行するに際して漱石が英文学から様々な方法や技巧を吸収するために全身全霊を込めて作り上げた壮大な構築物だったのではないだろうか。そのように考えると、漱石にとっての『文学論』の意味といったものが自ずから明らかになってくるように思われるのである。

8　『アイヴァンホー』の漱石への影響と刺激

これまで見てきたように、漱石はスコットの『アイヴァンホー』の一場面に着目し、「間隔論」の一例としてこれを詳細に論じたが、一方で当のスコットが漱石が理論化したようなことを念頭に置きながらその場面を書いたのかどうかは必ずしも明らかではない。しかし、仮にスコットが無意識のうちにその場面を書いたにしても、その卓越した描写の技法を日本の代表的な文学者が高く評価し、自らの作品の中に、直接的にせよ間接的にせよと り入れたことは、興味深いことであると言えよう。

『文学論』は一冊の本としては膨大な分量にのぼるのであって、『アイヴァンホー』の一場面についての理論は、その中のほんの一部に過ぎない。しかし、漱石がその恐るべき努力を傾注して、英文学者として構築した文学理論が、作家としてスタートする際に非常に役立ったであろうことは、間違いない。

漱石は英文学者としてイギリスの作家たちから実に多くのことを学んでいる。英文学の知識や素養なくして、後の漱石は存在しなかったのではないだろうか。英文学から得た知識や考え方や技巧が混然一体となって実を結んだものが『文学論』であり、それが作家としての漱石に結びついていったわけである。

『文学論』の中の『アイヴァンホー』論について過大評価することは望ましくないであろうが、少なくとも漱石に一定の影響と刺激を与えたと言うことはできるのであり、それが漱石という作家を生み出す一つの素地になったことは間違いないであろう。

第六章

ウォルター・スコットのライフスタイルとその受容

1　スコットの経歴の二重性

スコットは一七七一年、スコットランドのエディンバラ（Edinburgh）で生まれた。父は謹厳実直な事務弁護士、母はエディンバラ大学医学部教授の娘で、シェイクスピアやスコットランドの伝説・民謡を好んだという（大和資雄『スコット』（研究社、新英米文学評伝叢書、一九五五年）、三ページ）。一言で言うならば、かなりのインテリの家庭であるが、この両親の職業や性向はスコットの将来の姿を暗示しているかのようである。スコットは最初、公式的な職業としては父と同じく弁護士となる一方で、その余暇に趣味としてスコットランドの伝説や民謡を収集したのである。後者の趣味の方は、後には詩作や小説執筆という形になって発展していったが、ほぼ生涯を通して続くことになるスコットの言わば二重生活は、既に若い頃から始まっていたのである。

スコットが法律の勉強を始めたのは、一七八五年、彼が一四歳の頃であった。一三歳の時にエディンバラ大学の古典科に入学し、ラテン語やギリシア語の勉強をしていた。しかし、健康を害して第二学年の途中で中退せざるを得なくなった。それから、スコットは父の弁護士事務所で見習いをすることになる。過労のため、ここでも健康を害したことがあったが、熱心に修行を続け、一七九二年、二一歳の時に遂に法廷弁護士の資格を取った。法廷弁護士は事務弁護士より格上である。この弁護士の仕事は、一八〇五年、三四歳まで一三年ほど続けられることになる。

スコットがもしその後も弁護士の仕事だけを続けていたとすれば、詩人・小説家のスコットは存在しなかったであろうし、その結果としてその多くの文学作品が生まれることもなかったであろう。スコットが他の多くの人々と根本的に異なっていたのは、弁護士の仕事の他に、もう一つの生活を持っていた、即ちスコットランドの古跡巡りや民謡の収集をしていたという点にあったのである。スコットはそこに自らのアイデンティティ、あるいは自己実現のための源泉を見出していたのである。

スコットランドの歴史に対するスコットの興味は、スコットが幼い頃から既に始まっていた。スコットは祖母や叔父たちから様々な昔話を聞いて育ったのである。また、いろいろな土地の古老たちの体験談も、たくさん聞いている。そういった話にスコットは熱心に耳を傾けたのである。

そもそもスコットの祖先はスコットランドの豪族だったのであり、その来歴はスコットランドの歴史と深く結びついていた。自らのアイデンティティにつながるそういった昔話や歴史にスコットが深い興味を示したことは、当然のことであったろう。若いスコットは父の法律事務所での見習い修行の頃から、暇を見つけては、いろいろな人たちから昔話を聞いたり、自ら古跡や古戦場を巡って、古い民謡を集め、自らの想像力を膨らませていったのである。

一八〇二年、三一歳の時に、『スコットランド辺境歌謡集』(*Minstrelsy of the Scottish Border*) を出版した。これはスコットが長年にわたって収集・編集したスコットランドの民謡の集大成である。最初、全二巻で出されたが、翌一八〇三年に追加分を含めた全三巻となった。非常に好評を博した作品である。

この少し前、スコットの公務には、弁護士の他に、セルカークシャー (Selkirkshire) の知事代理という仕事も加わった。一七九九年、二八歳の時である。この仕事は、一八三二年に亡くなるまで続けられた。

一八〇五年、三四歳の時に弁護士はやめたが、翌一八〇六年、三五歳の時に、スコットランド民事高等裁判所の書記に任命された。これも重要な仕事ではあったが、一年のうち実質六ヶ月の勤務で、開廷期以外は拘束されることはなかった。しかし、後でも述べるように、スコットは開廷期の多忙な期間に於いてさえ、文筆の仕事を精力的にこなしたのである。

因みに、この裁判所の書記の仕事は、一八三〇年、五九歳の時に脳出血で倒れるまで続けられた。二四年間という長きにわたっての勤続である。このように、詩人・小説家として成功し、有名になった後も、長年にわたって公的な勤務が続けられたのであるから、単に報酬のためという目的を超えた要素があったように思われる。

さて、スコットは民謡の収集や編集の仕事からさらに前進し、自分自身でも物語詩を書くようになって、詩人としても有名になっていった。この時期の代表的な作品としては、一八〇五年の『最後の吟遊詩人の歌』、一八〇八年の『マーミオン』、一八一〇年の『湖上の美人』などが挙げられる。

この頃、天才詩人バイロンが現れる。「ある朝、目覚めると、有名になっていた」という彼の言葉は、あまりにも有名で、彗星のごとく現れたバイロンの並外れた才能をよく表している。

スコットは、このバイロンの出現のためもあって、詩作には見切りをつけ、一八一四年、四三歳の時に、小説第一作である『ウェイヴァリー』を発表した。この作品を初めとして、いわゆる「ウェイヴァリー小説」全二七作が次々に出版されることになるのである。

このように、スコットは若い頃から、公務と作家活動とをうまく両立させてきた。文筆活動のために公務が疎かになることは決してなかったし、また公務によって文筆活動に影響が出るということもなかったのである。

この章では、そういったスコットの二重の生活がいかにして可能となったのか、そしてスコットが言わば模範として示した生活ぶり・ライフスタイルといったものが日本にどのようにして伝えられ、日本に影響を与えたのか、といったことについて見ていくことにする。

2　スコットと「二足の草鞋」

スコットは、様々な他の仕事、主に公務に携わりながら、作品の執筆をこなしていた。つまり、「二足の草鞋」を穿《は》いていたのである。しかも漫然と他の仕事をやっていたのではなく、そういった仕事もきちんとこなしながら、多くの文学作品を書いていたのである。

第二章で扱った『西国立志編』に於いて、既にスコットの「二足の草鞋」が指摘されていたことを思い出す必要がある。「スコット、文人にして俗務を軽《かろ》んぜざりしこと」の項目で、スコットが公務と文筆活動を両立させていたことが述べられていたのであった。

日本に於いて、一般的に作家に対するイメージというのは、どのようなものであろうか。一言で言うと、一般の人々は作家の生活というものに対して何か特別な印象を抱いているのではないだろうか。普通の人とは違った生活ぶりというものをまず想像するのではないだろうか。さらに言えば、作家の生活というのは、一般の人々には理解し難い要素を持ったもの、何か秘密のヴェールに隠されているものというような印象を持っているように思われる。

しかし、スコットの生活にそのような特別な「秘密」はなかった。スコットの生活は、表面上、ごく普通の人々のようなものだったのである。ただ、「秘密」はなかったとは言っても、「工夫」はあった。スコットは、一方で一般人のような普通の生活を送り、俗務をこなしながら、もう一方で作家としての仕事を行っていたのである。要するに、スコットは公務と作家活動を見事に両立させていたのである。

他に何か仕事を持っていて、そのかたわら文筆活動をするといった人たちの例は、日本でも明治時代以降少なくないように思われるが、スコットがその先駆け、あるいは模範になっていると言っても差し支えないであろう。

夏目漱石の初期の作品が、東京大学講師や朝日新聞社勤務のかたわら書かれたものであること、また、森鷗外が陸軍軍医や博物館長といった公的な要職に就きながら、多くの名作を残したことなどは、よく知られている。特に鷗外は軍医総監というその方面の最高位にまで登りつめているという点で、驚異的ですらある。現代に於いては、定年まで気象庁に勤めていた新田次郎の例などが有名である。また、日本ペンクラブ会長も務めた阿刀田高は、国立国会図書館に勤務しながら執筆活動を行い、数多くの作品を残している。

福田恆存は、作家が職業を持つということについて、単なる表面上の意味以上のものを見出している。漱石や鷗外と職業との関係について、彼は次のように述べている。

漱石においても職業はその作家活動になみなみならぬ意味を持っていた。鷗外とおなじように、彼は職業を通じて自我の汚濁を生活の場に流し去ることができたのである。（福田恆存「近代日本文学の系譜」『作家の態度』（中公文庫、一九八一年）、二七―二八ページ）

福田恆存は、多くの点で異なる作家のように見える漱石と鷗外の間に、「職業」という共通点を見出し、当時の自然主義作家たちとは違う要素を二人の中に認めた。それは、二人が普通の生活と文学活動とを峻別したということである。こういった漱石や鷗外の例などは、ごく一部に過ぎない。もちろんそこには個人的な理由や当時の社会情勢など、様々な要因があることも否定できない。しかし、そういった例を見ると、作家のライフスタイルとして、いわゆる「二足の草鞋」というものを考えてみる時に、必ずしもマイナスの要素にはなっていないどころか、むしろ大きなプラスの要素になっているようにさえ思われるのである。

「二足の草鞋を穿く」という表現は、もともとあまり良い意味で使われていたものではなかった。『広辞苑』には、「同一人で両立しないような二種の業を兼ねること。もと博徒などが十手をあずかるような場合をいった。」という説明が載っている（新村出編『広辞苑』第二版補訂版（岩波書店、一九七七年））。つまり、元々は相矛盾する二つの仕事を一人の人間が受け持つことを指したのであった。しかし、その後は、より広い意味で用いられるようになり、単に一人の人間が二種類の仕事に携わることを意味するようになっていった。尤も、同種の仕事を二つしているだけというような場合は、「二足の草鞋」という言い方はしないようである。

最近でも、何か他の職業に就いていて、作家（あるいは作家修行中）でもあるという「二足の草鞋」の例を時々見ることができる。芥川賞や直木賞の受賞者が現役の商社マンなどであったりして、話題になることも少なくない。もちろん、駆け出しの作家という場合には十分な収入が得られないという理由もあるであろうが、単にそれだけではないようにも思われるのである。仮にそういった人たちがある時、何かの文学賞をもらうなどして、成功したとする。その場合、それを機に、それまでやっていた他の仕事をやめて作家活動に専念するということも、当然考えられるわけである。しかし、それが必ずしも良い結果に結び付かない、つまり以前よりも優れた作品が書けるようになるとは限らない、ということも、実際にはあり得るわけである。他の仕事をやめて時間が多くなれば、その分だけ、文筆の能率が上がり、多くの収穫が得られるというわけではないのであろう。常識的に考えれば、何かもう一つの仕事をしていれば、当然、執筆の時間は削られるし、疲労も生ずるであろう。しかし、その一方で、生活のペースをつかむことができるということや、一定の収入を確保でき、安心感が生ずる、といったメリットが出てくる可能性もあるわけである。

創作活動だけを行っている作家よりも、他に職業を持っているか、あるいは金銭的に独立している人間の方が、優れた作品を書ける可能性さえある、とする見方もある。フィリップ・ギルバート・ハマトン（Philip Gilbert Hamerton, 一八三四―九四）は、『知的生活』（*Intellectual Life*）の中で次のように述べている。

…もちろん作家の立場は大いに改善されてきていますが、それでも、広範な準備が必要とされる入念な作品を書くことは贅沢であり、やるとなれば大きな危険を承知でやらなければなりません。入念な作品が、それに要した歳月に見合うだけの報酬が支払われることも、時にはありますが、しかし、そのような作品は、筆一本で生計を立てている文筆家よりも、財産があって金に不自由していない人間か、あるいは、なにか別の職業に就いていて、作家としては金銭的に独立しているような人間によって書かれる場合のほうがずっと多いのです。（『知的生活』、三七八ページ）

さらに、ハマトンは、「本当の文学作品を書く時間の余裕があるのなら、なにか別の職業で生活の資を稼いでいても別にどうということはありません」（同、三七九ページ）とも述べている。

このように、文筆の仕事だけを職業とすることに対して、否定的な見解もあるわけである。つまり、「二足の草鞋」をむしろ奨励するような考え方である。

いずれにしても、「二足の草鞋」を穿いて、時間を有効に使ったという意味で、スコットは早くから作家のライフスタイルの一つの方向性を示していたと言うことができるように思われる。

3　スコットの同時代人たちの生活

ここで、スコットのライフスタイルについて見る時に、スコットの生きた時代がどのようなものであったのか、またスコットの同時代の文学者たちがどのような生活を送っていたのか、ということについて見ることにする。スコットと他の同時代人たちの生活ぶりを比較することで、スコットのライフスタイルの特徴がより鮮明に浮かび上がって来るであろうと考えるからである。

スコットが生きたのは、十八世紀の終わりから十九世紀の初めにかけての時代で、イギリスのロマン主義が花開いた頃である。周知のように、この時代には多くのロマン派の詩人たちが活躍した。すなわち、ワーズワース（William Wordsworth）、コールリッジ（Samuel Taylor Coleridge）、バイロン（前出）、シェリー（Percy Bysshe Shelley）、キーツ（John Keats）といった詩人たちである。ロマン派というカテゴリーで彼らを一つのグループとしてまとめることはできるが、一人一人を見ると、かなり個性的な人間たちであった。そして、彼らは必ずしも健康的な、あるいは健全な生活を送っていたわけではなかったのである。

湖畔詩人として有名なワーズワースは、大学卒業後、フランスに行き、一時はフランス革命に共鳴した。しかし、その後の恐怖政治に幻滅を感じ、ルイ一六世の処刑直前にイギリスに帰国した。それからは急速に保守的な傾向を強めていく。そのため、バイロンやシェリーたちからは評価されなくなってしまった。ワーズワースのロマン主義詩人としての役割は、一八〇七年頃、彼が三七歳の頃で終わった、とする見方が一般的である。その後のワーズワースは「自然派詩人」であったと言うことができるであろう。その生涯を通して見た時に、他のロマン派の詩人たちに比べれば比較的静かで落ち着いた生活を送った。当時としては異例の八〇歳まで生きている。

同じく湖畔詩人であるコールリッジは、ワーズワースの親友で、共に『叙情詩集』（*Lyrical*

Ballads, 一七九八）を発表したが、一時期アヘンを飲んでいたことが知られている。アヘンを飲みながら夢心地の中で詩を書いている時に、たまたま来客があり、詩作を中断して対応し、再び机に戻ったところ、詩の着想は消えてしまった、というエピソードも伝えられている。アヘンが禁止されていなかった時期もあるようであるが、精神に悪影響を及ぼすことは間違いないであろう。

異端の詩人とも呼ばれるバイロンは若い頃、ギリシア、スペインなどを放浪した。男爵(Baron) の位を継いで「ロード・バイロン（Lord Byron)」となったが、身持ちが悪く、一八一六年、妻が彼の元を去るというスキャンダルに見舞われた。そのため、世間の非難を浴び、永久に祖国を去ることになる。その後、自ら志願してギリシア独立戦争に加わった。そういった活動は、自由や独立を重んじるバイロンの考え方の率直な現れであったが、私生活の面から見ると、破滅型に近いものがあったのである。熱病のため三六歳で亡くなった。まさに放浪に始まり、放浪に終わった人生であった。

シェリーはもともと貴族の生まれであったが、古い政治や社会制度に反発し、革命思想に強い共感を持っていた。若い頃、『無神論の必然性』（*The Necessity of Atheism*）というパンフレットを出版して、オックスフォード大学をやめさせられた。また、プライベートな面でも、いろいろと問題があった。シェリーにはハリエットという妻がいたが、哲学者であり小説家でもあったウィリアム・ゴドウィン（William Godwin）の娘メアリーと同棲を始めたのである。ハリエットは悲しみ、自殺してしまう。シェリーはその後、メアリーと結婚する。このように、私生活の面でもいろいろと挫折や波乱があったのである。

彼らは、貴族などの裕福な階級の出身者を初めとして、生活のために働く必要がなく、自由な生活を送ることができた人間たちであった。ただ、その反面、ややもすると身を持ち崩し堕落しかねない危険性もあったのである。

このように、スコットの同時代の文学者たち、特にロマン派の詩人たちは、ロマン主義を奉じていたからという理由もあるであろうが、かなり自由で奔放な、時によっては少々危険な生活を送っていたということがわかる。いわゆる世紀末文学のデカダンスの文学者たちとは、また少し意味合いが異なるかもしれないが、彼らの生活ぶりからすると、破天荒な傾向が窺われるように思われる。また、皮肉なことに、そういった彼らの奔放な生活の中から、自由闊達でロマンティックな詩作品がたくさん生まれてきたという側面もあるであろう。

一方、スコットの場合は、どうであろうか。スコットは、ロマン主義の時代に生き、ロマンティックな傾向の詩や小説をたくさん書きながらも、ロマン派詩人たちとは対照的に、心身共に極めて健康的な生活を送っていたのである。公務期間以外の自由な時間が多い時は、馬に乗って出掛けたり、山野をたくさん歩いたりして、実によく体を動かしていたのである。スコットの場合、ある意味で執筆以外の仕事があったからこそ、健全で健康的な生活を送ることができたと言えるかもしれない。

スコットの一日の過ごし方は、彼自身によって考えられた一定の規律に従って、実行に移されていた。従って、スコットは運動不足にもならずに健康で、多くの優れた文学作品を書き、しかも自邸で友人や客人たちと一緒に過ごす時間さえ十分にあったのである。先に出てきたワーズワースやバイロンも、アボッツフォード（Abbotsford）のスコット邸を訪れ、スコットとの歓談を楽しんでいる。破天荒な生涯で知られたバイロンも、その時ばかりは、つかの間のくつろぎの時間をスコットと共に過ごしたのであろう。

また、アメリカの作家ワシントン・アーヴィング（Washington Irving）も、敬愛するスコットをアボッツフォードに訪ねていて、後にその時の模様を『ウォルター・スコット邸訪問記』に書き記している。原著は『クレヨンの雑録集』（*Crayon Miscellanies*, 一八三五）に収められた *Abbotsford* である。『スケッチブック』（*Sketchbook*, 一八二〇）などの作品のあるアーヴィングであるが、この時のアボッツフォード訪問が彼に大きな刺激を与えたことは間違いない。

アーヴィングはその時の状況を次のように記している。

朝早くから夕食の時間が来るまで、彼は近在を案内するために私と一緒に歩き回ってくれたし、夕食の間、そして夜遅くまで社交的な会話に終始したのである。彼自身のために取っておかれた時間は皆無で、ただ私をもてなすことだけに時間を費やしていたように思われる。（中略）まるで周囲にいる人たちのために時間も気遣いも会話も惜しみなく与える以外に、するべきことが何もないかのように思えるほどであった。果たしてスコットは絶えず出版されていたあのような分厚い書物をどのような時に書いていたのか、それを想像するのは難しかった。つまり、それらの書物のすべてが充分な渉猟と調査を必要とする性質のものであったからである。（『ウォルター・スコット邸訪問記』、一二六—一二七ページ）

公務が非常に多忙な時期でさえ、スコットの日常の習慣に変化が起こることはなかった。

「継続は力なり」という言葉がスコットの時代にあったかどうかはわからないが、スコットはまさにそれを実践したことになる。イギリスの詩人ジョン・ドライデン（John Dryden）の名言として、「初めは、私たちが習慣を作る、それから習慣が私たちを作る。」（We first make our habits, and then our habits make us.）という言葉が伝えられている。また、「習慣は第二の天性」（Habit is second nature.）という諺も知られている。スコットの場合、まさにこれらの言葉の通りであると言えるであろう。

肉体面への配慮を怠らず、かつ友人たちとの交流の時間も確保できたためか、文学者に時折見られる不健全あるいは不健康なところがスコットには全く見られなかったと言われている。アーヴィングは次のようにも記している。

また、彼は話し手としてと同様に、聞き手としてもすぐれていた。相手の身分や主張がどんなに取るに足りないものであっても、その話のすべてを尊重して耳を傾けて聴き、彼らの会話のいかなる点についても素早い理解を示した。スコットは決して尊大に振舞うことはなく、まったくもって謙遜な態度で、もったいぶらず、その時々に相手をしている人との仕事においても、娯楽においても、あるいは私がほとんど愚行とも思えたことについても、誠心をこめて加わって楽しんでいたのである。したがって、どんな人の関心事、思想や意見、好みや楽しみも、彼には自分より低俗であると思われるものはなかったのである。（同書、一二九―一三〇ページ）

このように、作家の文筆活動を支えているものの一つに、肉体的な要素、あるいは生活の規則性のようなものがあるということは、スコットの例を見ると明らかであろう。こういったことが、日本に於いても、明治時代に於ける『西国立志編』などによって少しずつ浸透し広まっていったのであるとすれば、スコットの作家としての生活ぶりが、その紹介者たちの著作などによって、日本人に大きな影響を与えてきているということが考えられるわけである。

4　渡部昇一『知的生活の方法』及び『続・知的生活の方法』とスコット

スコットの文学作品とは別に、その知的生活に注目したのは、現代に於ける知の巨人と称される渡部昇一（一九三〇―）であった。渡部昇一は一九七六年（昭和五一年）に『知的生活の方法』を書いたが、これがベストセラーになった。続いて、一九七九年（昭和五四年）に『続・知的生活の方法』を書いたが、これも同じようにベストセラーになった。

どちらの本にも、知的生活を志す人々のために役立つような、著者自身の体験を中心とした具体的でわかりやすいアドバイスが満載されている。これらの二作がきっかけになって、「知的生活」という言葉が一種のキーワードあるいは流行語になり、「知的」という表現のつくタイトルの本が多数出版された。もちろん、『知的生活の方法』、『続・知的生活の方法』に影響を受け、それに追随しようとしたものが殆どである。

二作のうち少なくとも『知的生活の方法』の方は、現在に至るも増刷を続けている。最近の同書の帯には、「脳を活性化し、発想を楽しむ！　不朽のベストセラー！」と書かれている。「脳を活性化」という文言が最近の傾向を反映しているが、現代に於いてもこの本が普遍的な価値を持っていることを証明していると言えよう。

さて、渡部昇一の『続・知的生活の方法』は文字通り、『知的生活の方法』の続編であるが、その中でスコットがかなり重点的にとり上げられているのは、注目に値する。二章の「知的生活の理想像」から三章の「仕事のしかたとライブラリー」にかけて、五〇ページほどにわたって、スコットのライフスタイルについて詳しく述べられているのである。

スコットの生涯について述べた後、渡部昇一は次のように書いている。

これはよき時代のよき知的生活者の一生である。国も時代も環境も違うから、参考にならないところも多いが――たとえば百三十万坪の屋敷など――今日のわれわれの参考になることも少なくないようだ。(『続・知的生活の方法』、六五ページ)

また同様に、別のところでも、理想の型としてのスコットの知的生活について、次のようにも述べている。

スコットのばあいは、知的生活といっても極端にスケールが大きすぎて、直接には参考にならないともいえる。しかし理想の型を見ておくのはよいものである。北極星に到達できなくても、磁石を見れば北がどっちかはわかる。スコットの才能とライフ・スタイルは到達できるものではないにしても、それを見れば、あるべき知的生活の方向付けともヒントともなるからである。(同、五七ページ)

このように、渡部昇一は、スコットを知的生活と知的生産の一つの模範あるいは目標と見做しているわけである。

さらに、スコットの知的生活の特徴が挙げられている。渡部によれば、その特徴は、第一に、「幼年時代の趣味の形成期に、形式的な教育の干渉をあまり多く受けず、自分の好きな本がうんと読めたこと」、第二に、「もっとも多産な文筆活動が、二十五年の長きにわたって公務と共存しえたこと」、第三に、「肉体的な配慮も十分あり、大文学家によくみられる異常なところがまったくないこと」、第四に、「交際に対する適切な配慮があること、つまり知的会話に対する機会を作っていたこと」、第五に、「仕事のしかたが機械的《メカニカル》であったこと」、第六に、「経済的なトラブルにまきこまれて無理な仕事をし、結局は生命を縮めるようになったこと」、第七に、「その驚異的な知的生産は、その蔵書《ライブラリー》と武具庫《アーマリー》に負うことが甚大であったこと」、ということになる。

スコットの優れた知的生活を成立・継続させた要素には、様々な条件や偶然もあったであろうが、何よりもスコット自身による工夫や習慣といったものが、重要だったように思われる。その一例として、渡部昇一は、スコットの習慣について、次のように紹介している。

> そんなに客にこられてどうして仕事ができたか、といえば、午前中の大部分は戸外ですごし、午後に著述、夜は客をもてなす、という時間の三分法を励行したからである。
> 仕事のやり方はビズネス・ライクであったというが、そのために文学性が落ちることはなかった。スポーツ・著作・社交と三分された一日を送っていたので、スコットの作品には、天才にしばしばみられる病的なところがない。（同、六一―六二ページ）

また、第五の「仕事のしかたが機械的《メカニカル》であったこと」の項目は、他の項目に比べて、特に多くのページ数が割かれているが、この中で強調されていることは、文学作品を初めとした芸術作品が決してインスピレーションだけで出来上がるのではなく、大部分は機械的な作業によるものである、ということである。渡部昇一はスコットの仕事のやり方について、次のように述べている。

> …その小説もインスピレーションでパッとできあがったわけでない《ママ》。アボッツフォードの邸宅で、スコットは毎午後、機械的に働いたのだ。くる日もくる日も、その日課はくずれないのである。もちろんそうでもなければあれだけ大量の物語詩や小説や歴史書が

書けるわけはない。（同、七七―七八ページ）

このように、『続・知的生活の方法』に於いて、「近代的意味での最初のベストセラー作家」（同、五四ページ）であるスコットの知的生産や知的生活の工夫あるいは習慣などがふんだんに紹介され、それらについてどのような点が参考になるかが述べられているのである。

渡部昇一がスコットの知的生活に深い関心を持つようになったのは、一九七七年（昭和五二年）から翌年にかけて、大学の在外研究でスコットランドに滞在した時であったという。初めてスコットのアボッツフォードの邸宅を訪れて、その蔵書の多さとすばらしさに圧倒されたとのことである。

『知的生活の方法』は一九七九年の終わりから一九八〇年代にかけてベストセラーになり、それから三年後に出た『続・知的生活の方法』も同じようにベストセラーになったのであるから、知的生産と知的生活の模範としてのスコットも、日本に於いて非常に多くの人々に知られ、大きな影響を与えたことは、明らかである。そして、その影響は現在に至るまで続いていると言ってよいであろう。実際、これらの本に影響を受けた人々は非常に多い。

ここで重要なことは、『続・知的生活の方法』に於いて、文学者スコットの作品そのものではなく、その知的生産者そして知的生活者としてのスコットに焦点が当てられているということである。つまり、詩人・小説家としてのスコットの作品が日本に影響を与えたということとは別の次元、即ち知的生活を送る一人の人間としてスコットが捉えられている、ということなのである。

もちろん、その文学作品が優れたものであり、また文学者として有名であるからこそ、その作者たるスコット本人の生活にも関心が向けられるし、またスコットのライフスタイルを伝える伝記などの著作があるからこそ、その生活ぶりが今日にまで語り継がれているわけである。

5　P・G・ハマトンの『知的生活』

ここで、先に少し触れたフィリップ・ギルバート・ハマトンの『知的生活』という本に注目してみよう。この本は一八七三年（明治六年）にマクミラン社から出版され、その後ロングセラーとして五〇年間ほど版を重ねた。日本でも大正時代に翻訳が出されたことがあるようである。即ち、『精神生活』（布施延雄訳、上下二巻、日本青年館、一九二五年）である。原著の『知的生活』が初めて世に出て五二年も経っていることを考えると、日本に於いても原著の影響が長く続いていたことは明らかである。

そして、今から三〇年ほど前に改めて新しい翻訳が出された。即ち、『知的生活』（渡部昇一・下谷和幸訳、講談社、一九七九年）である。そのきっかけは一九七七年にアメリカの出版社から『知的生活』のリプリントが出されたことであった。また、『知的生活』の翻訳は、一九九一年に講談社学術文庫にも収録された。原著の発行から百年あまりを経て、日本に於いて改めて翻訳という形で復活したわけである。

また、『知的生活』は、明治時代以降、よく英語の教科書として使われてきた。渡部昇一によれば、「年輩の人たちの多くは旧制高校あたりで読まされているし、かなりの数の日本の英語教師たちは、戦後もずっと教科書として使ってきた」とのことである（渡部昇一「自助の精神」、『西国立志編』、講談社学術文庫、三ページ）。最近でも、抜粋ではあるが、大学の英語のテキストになっている例が見られる。

さて、ハマトンの『知的生活』は、渡部昇一の『知的生活の方法』と『続・知的生活の方法』の源泉とも言うべき本である。渡部昇一は、ハマトンの『知的生活』に感銘を受けて『知的生活の方法』を書くに至ったと述べている（『知的生活の方法』、四―五ページ）。学生時代からハマトンの『知的生活』を繰り返し読み、英作文修行を通じて、部分的にはその文章を暗記するまでになったという。従って、ハマトンは渡部昇一にとって特別の人であったということである。ある意味で、師匠の一人と言うことができるであろう。実際、『続・知的生活の方法』に於いても、ハマトンへの言及がたびたび見られる。

ハマトンから大きな刺激を受けて、渡部昇一が『知的生活の方法』、『続・知的生活の方法』、そして『知的生活』の翻訳を立て続けに出版したということは、一九七〇年代から現代にかけての日本にとって、非常に大きな意義を持つ。つまり、「知的生活」という言葉や、「知的生活」の元祖とも言うべきハマトン、そしてその中でとり上げられているスコットを初めとした様々な分野の先人たちが、多くの日本人に強い印象を与え、その生活や考え方に大きな影響を与えたと思われるからである。

ハマトンの生きた時代は、ほぼヴィクトリア朝の時代と重なる。そして、その『知的生活』はヴィクトリア朝のイギリス人を対象に書かれた作品であった。それがめぐり巡って結果的に現代の日本にも大きな影響を与えることになったことは、注目に値する。つまり、「知的生活」の価値は、時代や国を超えた普遍性を持っているものだということが改めて明らかになったのである。

さて、ハマトンの『知的生活』は、様々な人たちに向けた手紙という形式をとっている。例えば、「若い作家」、「学生」、「友」、「実業家」、「若い紳士」、「教養ある婦人」、「画家」といった具合である。しかも、ハマトンは、架空の人物に宛てて手紙を書いたのではなく、現実の人たちを思い浮かべるようにしながら書いた、と語っている（『知的生活』、「まえがき」）。

そして、そうした様々な人物に宛てた手紙の中で、古今の多くの人物たちの「知的生活」をエピソードとして紹介しているのである。引き合いに出される頻度の多い人物は、イギリスではスコット、ワーズワース、コールリッジ、バイロン、シェリー、キーツ、バーンズ（Robert Burns）、ディケンズなどの詩人や小説家たちである。特にロマン派の詩人たちの例が多いことがわかる。

他の国や時代では、ゲーテ、カント、レオナルド・ダ・ヴィンチ、ジョルジュ・サンド、ナポレオン、バルザック、モンテーニュなどが挙げられる。文学、哲学、思想、政治など、実に様々な分野の人物たちが知的生活の例としてとり上げられているのである。

我々はハマトンの豊富な学識や読書量に驚かざるを得ない。まさに博引傍証によって、多数の偉人たちの知的生活やライフスタイルの秘訣が次々に明らかにされていくのである。そうして語られる多くの人物たちの実例やエピソードには、実に説得力がある。『知的生活』の「まえがき」で、ハマトンは知的生活の目的や意義について語っている。それを一言で言うならば、「真理の知的探求」ということになるであろうが、まずその前提としての知的生活や教養というものを手に入れるには、それ相応の努力が必要であると述べている。

私は、あらゆる階層の人たちのために、知的生活というのは、実際、心底からそれを求める人なら誰でもできる生活なのだということを確信をもって書きました。最高の教養というものは、それを身に付けるには永年の努力が必要なのであり、その努力を成し得ない人には決して身に付けることができないものです。人は自己を磨いて他人の目を奪うような人物にならんとするなら、また文筆や科学で名を成さんとするなら、その時はもちろん、毎日の決った仕事に追われる生活の中から、なんとかして時間をひねり出して努力するくらいでは間に合いません。それよりもはるかに多くの時間をかけて努力せねばなりません。(『知的生活』、八—九ページ)

この文章を読んで、我々がすぐに想起するのは、第二章で扱ったスマイルズの『セルフ・ヘルプ』の考え方である。自らの努力なくして、知的生活や教養を身に付けることができないとするハマトンの考え方は、スマイルズの「自助の精神」のまさに延長線上にあるのではないだろうか。

考えてみれば、『セルフ・ヘルプ』の出版が一八五九年、『知的生活』の出版が一八七三年であるから、時期的にそれほど隔たっているわけではないのである。どちらも同じヴィクトリア朝中期であり、時代背景がほぼ共通である。同じようにヴィクトリア朝の人々に語りかけ、多くの読者を得たこれらの二冊が似たような考え方を基盤にしているとしても不思議ではない。

実際、『知的生活』には、若干ではあるが、スマイルズについての言及も見られる。ハマトンは、スマイルズの『人格論』(『品性』)について、「貴重な書物」とした上で、「文学的あるいは科学的活動とは懸け離れたさまざまな専門的職業に就いた高名な知的人物たちのリストをあげて」いると述べている。そして、そのリストに挙げられているギフォードというイギリスの文芸批評家・詩人の観察としてスマイルズが紹介していることが、ハマトンの考えと一致していると言っているのである(『知的生活』、三七六―三七七ページ)。

ここではその内容には直接立ち入らないが、ハマトンがスマイルズの著書に好意的な印象を持って引用していることは、間違いないであろう。

因みに、渡部昇一は、イギリスでは忘れられているのに、日本には愛読者や評価する人がいる著作家として、スマイルズとハマトンを挙げている。どちらも、その著作ともども、当のイギリス人が忘れているというのである（渡部昇一「自助の精神」、『西国立志編』、三ページ）。これは興味深い指摘である。イギリス人に大きな影響を与えたスマイルズとハマトン、そして彼らの著作が、彼らの本国での処遇にも拘らず、遠く日本に伝えられ、その考え方などが現在でも脈々と息づいているということである。彼ら二人の皮肉な共通点と言うことができよう。

6　『知的生活』の中のスコット

『知的生活』に於けるスコットについての言及は、同書の全編にわたって散見される。ハマトンは若い頃からスコットの作品を愛読していて、スコットに大きな影響を受けたと言われている。敬愛するスコットについての記述が多いのも当然のことであろう。

スコットについての記述が特に集中しているのが、「第一章　知的生活における肉体的基礎」である。その最初の「働きすぎの若い作家」に宛てた手紙の中に、早くもスコットについての記述が見られる。ハマトンは、健康に対する注意を怠らなかったスコットについてのエピソードを、バイロンの場合と比較しながら次のように紹介している。

ウォルター・スコット卿の健康は——彼自身の証言があるのですが——並はずれてすばらしいものでした。彼が晩年襲われた中風の発作は、生活が逼迫して働きすぎたためであり、あのように過度な頭脳労働をせず、悩むこともなかったなら、彼は間違いなくもっと永く健康を維持したことでしょう。バイロンの死は詩的興奮が招いたものですが、それに劣らず、放蕩な生活態度が原因だったことも確かです。これら二つの悪影響が重ならず、どちらか一方だけだったら、もっと長生きできたことでしょう。バイロンのように心身ともにすり減らすような生活をし、かてて加えて絶えず詩的に興奮し、はげしい創作活動をすれば、そのために彼は命をおとしたのだといっても言いすぎではありません。周知のように、スコットは楽に詩を創りあげる能力があったにもかかわらず、この種の詩的興奮をおそれ、それを避けるために詩壇から退きました。これまた周知のことですが、サウジーの場合、自ら課した仕事の重圧に、彼の頭脳が結局耐えられなかったのです。(『知的生活』、二一一―二一二ページ)

スコットは、先に述べたように、最初、詩人として名声を得たが、後に詩壇から退き、小説に転向した。ただ、その理由としては、天才詩人バイロンが出現したためと一般的に言われているのである。ここに示されたハマトンの見解の通り、スコットが仮に「詩的興奮をおそれ、それを避けるために詩壇から退」いたのが本当だとすれば、それは驚くべき事実だと言わざるを得ない。詩人としての才能の限界を感じての引退ではなく、自らの健康を優先したということになるからである。

「詩的興奮」が健康にどの程度の悪影響を及ぼすかについての科学的あるいは医学的根拠は定かではないが、ハマトンを初め、注意深い人々の観察や見聞による経験的な事実なのかもしれない。そういった「詩的興奮」の危険性を自ら詩人でもあったスコットはよく認識していたのであろう。作家の三木卓が、「詩は緊張であり、例えれば高飛び込み」と述べている(「早稲田大学広報室広報課発行、「キャンパス　ナウ」、二〇〇九年七月一五日、通算一八七号、二ページ)ように、詩作が多大の緊張や興奮を伴うものであることは、古今を問わず、しばしば認識されていることなのである。

「詩的興奮」の健康への悪影響について、ハマトンが例に挙げているのは、バイロンだけではない。スコットと同時代の詩人であり、スコットの友人でもあったロバート・サウジー（Robert Southey）もそうである。スコットは、一八一三年に摂政皇太子から桂冠詩人（Poet Laureate）への任命の内意を受けたが、それを辞退し、自分の代わりにサウジーを推薦したのであった。スコットはサウジーを高く評価しており、自らの小説の中でサウジーの詩を引用したりしている。スコットの推薦によって、サウジーは桂冠詩人になり、それから約三〇年間にわたって、桂冠詩人を務めた。しかし、健康についての不安を常に抱えていたようである。

因みに、桂冠詩人というのは、「宮内官として年俸を受け、宮廷の慶弔などに際して詩（ODE）を作ることを職務（現在は強制されない）とするイギリスの詩人」（福原麟太郎、吉田正俊編『文学要語辞典』（研究社出版、一九七八年））である。

スコットが桂冠詩人を辞退したという一件も、その一般的な理由としては、スコットが自らの詩人としての才能に限界を感じたためとされている。しかし、ハマトンの説明にもあるように、サウジーが桂冠詩人になった後、詩作に多くの重圧を感じ、それが彼の健康を害したとすれば、桂冠詩人を受諾したことが、名誉とは別に、果たしてよかったことなのか、ということになるであろう。サウジーは夥しい分量の詩作品を書いたことで知られており、それが病気の原因になったとも言われている。「過度の頭脳労働と家庭の不幸のために理知を失い、脳軟化症で亡くなった」という説明もある（*The Oxford Companion to English Literature* (Edited by Paul Harvey, Fourth Edition, 1967, p.771.)。

さらに、スコットについて述べられている部分で、特に強調されているのは、彼が著作のかたわら戸外で体を動かすことに多くの時間を費やした、という点である。ハマトンは、「肉体の運動を怠った学生へ」と題する手紙の中で、次のように述べている。

同じように、ウォルター・スコット卿は、屋外スポーツを心ゆくまで楽しむことによって、座りづめの仕事がもたらす悪影響の埋め合せをしました。彼がやった屋外運動は、身体の弱い人には度を越しているように思われるらしく、彼をついには不具の身体にした中風の発作も、それがもとで起こったのではないかと、今でも思っている人がいます。しかし、実際のところ、発作がおこった時には、すでにウォルター卿はそれまでの生活を改めていて、身体のためにどうしても守らなければならない生活習慣をきちんと守っていたのです。健康だった頃の活動的な娯楽はすでにやめているか、ほとんどやめているに等しかったのです。だから、むしろ私は次のように思っています。彼は、大いに運動していた頃は身体が頑健だったので運動に耐えられたし、そのために肉体に支障をきたすことなどまったくなかった、それどころか、猛烈に文筆活動に精を出し、なおかつ神経組織を健康に保っておくためには、是非とも運動する必要があったのである、と。肉体運動は、身体が丈夫でそれに耐えられるなら、今までに発見されたどんな鎮静剤よりもはるかに効果があるのです。この点で、ウォルター卿のアボッツフォードでの生活は、すくなくとも真の行動原理に則《のっと》ったものでした。(『知的生活』、二二三―二二四ページ)

ハマトンのこの文章の中で、頻繁に出てくる言葉は、「(屋外)運動」「身体」「生活習慣」「健康」などである。これらの事柄が文筆活動にとっていかに重要であるかということを、ハマトンはくり返し強調しているのである。文筆活動にとって、一見対極的な概念のようにも見える「運動」というものが欠かすことのできない要素であることを、スコットの例を引きながら、説明しているのである。

一般的に言って、作家の仕事は、とかく椅子に座りづめの、あまり健康には良くない条件の中で行われがちになる。日本の作家たちの多くがそうであったように、原稿を書くのは人の寝静まる夜中で、しかもタバコを吸いながら、などというスタイルになってしまう。そういった作家の生活習慣の問題は、古今東西を問わず存在したのであり、恐らくスコットの時代でも現代でも、同じことが言えるのであろう。

ハマトンは別のところでも、スコットについて述べている。スコットがいかに肉体運動を重視したかということである。

スコットは歩いても旅行したし、馬に乗っても旅行しました。彼が語っているところによれば、のちに文学的素材の豊かな鉱脈となった豊饒で美しい地方を三十マイルも歩いたり、百マイルも馬で行ったことがよくあったそうです。（『知的生活』、四四ページ）

スコットの詩や小説にとって、彼の生まれ故郷スコットランドの自然や風物は、何にも代えがたい素材でもあった。そのスコットランドの自然の中を徒歩や馬で頻繁に旅行したことが、彼の文学的なインスピレーションに非常に大きな刺激を与えたことは、間違いない。スコットの詩や小説の多くの名作は、そういった旅行や探検の中から生まれたのである。

この箇所に関連して、とり上げられている文学者が二人いる。一人はワーズワースであり、もう一人はドイツの文学者ゲーテである。

ワーズワースについては、その生活習慣が優れたものであったこと、特に彼が徒歩旅行を愛したことが述べられている。ワーズワースの場合も、文筆活動にとって運動がいかに重要なものであるか、また同時に運動によって文学的素材にめぐり会うことがあり、運動が時間の無駄どころか、言わば一石二鳥の効果を持っていることなどが明らかにされているのである。

ワーズワースは、既に述べたように、ロマン派に属するが、その詩人たちの中では最も健全な生活を送っていたことが知られている。その健康かつ健全な生活の基礎となる部分が、そのしっかりした生活習慣と徒歩旅行を好んだことなどによって支えられていることは、明らかである。

もう一人、この点に関連してとり上げられているのは、ゲーテである。ゲーテの場合もスコットやワーズワースと同様、肉体運動を意識的に生活の中にとり入れたことが述べられている。尤も、精力があり余っていたため、暴れまわったことさえあるというエピソードも若干ユーモラスに紹介されている。

ハマトンは、知的生活という点に於いて、明らかにスコットとワーズワースとゲーテという三人の偉大な文学者たちの中に共通する要素を見出しているように思われるのである。因みに、スコットは若い頃、ゲーテに傾倒した時期があって、『若いウェルテルの悩み』を読んだり、一七九九年、二八歳の時に劇『ゲッツ・フォン・ベルリヒンゲン』を翻訳・出版したりしている。また、晩年、療養のために、国王の用意した軍艦でイタリアを訪れているが、その帰途にドイツに寄り、ゲーテを訪問する予定であった。しかし、病気の悪化のため、残念ながらこの計画が実現することはなかったのである。そして、ゲーテとスコットは奇しくも同じ一八三二年に亡くなっている。

ハマトンはスコットたち三人に加えて、ドイツの自然科学者であるフンボルトや、あまりにも有名なレオナルド・ダ・ヴィンチなどの例も挙げて、文学者に限らず、あらゆる知的活動者にとって、肉体活動がいかに重要なものであるかを力説している。そして、最後はソクラテスにも言及して、この「肉体の運動を怠った学生」に宛てた手紙を次の言葉で締めくくっているのである。

肉体的生活と知的生活は両立しないことはありません。さらに進んで、すぐれた文学者の運動は、素材を豊かにし、文体を雄渾にしていると断言してもよいでしょう。また、科学者の運動は彼らを数多くの発見に導いてきたし、より感覚的で思索的な美術の研究ですら、自ら参加した行動や、はるばる見に出かけた自然の美しさを描く画家によって、より高度な完成の域に高められたと断言しても差し支えないでしょう。哲学そのものですら、単なる肉体的勇気や忍耐に多くのものを負っているのです。古代の思想のもっとも高邁なるものが、いかに多くソクラテスの強靭な健康に負っていることでしょうか。

(『知的生活』、四五ページ)

「健全な身体に健全な精神が宿る」(A sound mind in a sound body.)とよく言われる。この諺は、古代ローマの詩人ユヴェナリスの言葉に由来しているが、本来、健全な身体に健全な精神が宿るように祈るべきだという意味である。スコットは自らの生き方によって、この諺を実践しようとしたのであり、その作家としてのライフスタイルは、ハマトンの著作とその翻訳や紹介を通じて、明治以降の日本にも広く確実に伝わっているということができるであろう。

7　スコットのライフスタイルの現代への影響

これまで見てきたように、スコットが日本に影響を与えたのは、文学作品の面に於いてだけではなかった。スコットは、広く日本人の考え方やライフスタイルにも影響を与えてきたのである。つまり、スコットの書いた作品そのものだけではなく、その作家としてのライフスタイルや生き方といったものが、明治時代以降、様々な著作によって日本にも広く紹介され、浸透し、多くの影響を及ぼしてきたのである。その最初の著作が第二章で扱った『西国立志編』であり、最近の著作が『続・知的生活の方法』であると言えるであろう。

歴史上の様々な人物たちの生涯が、伝記という形で数多く書き記されているということは、よく知られている通りである。日本で言えば、例えば徳川家康とか二宮尊徳とか野口英世などの名前がすぐに思い浮かぶし、外国では、ナイチンゲールとかライト兄弟とかエジソンといったような名前がすぐに出て来る。偉人の伝記は、一つのジャンルを構成していると言ってもよく、多くの日本人に親しまれている。

しかし、詩人や小説家あるいは劇作家といった文学者が伝記の対象としてとり上げられるということは、あまり例がないように思われる。伝記の対象となるのは、通常、政治や科学や医療、あるいは探検などの分野に関わった偉人たちであって、文学者というのはあまり対象にはならないのである。第二章で述べた『セルフ・ヘルプ』の著者スマイルズも伝記作家であったが、その著作の対象は主に技師のような人々であった。

文学者というのは、小説家にしても詩人にしても劇作家にしても、その書いた作品そのものが、その生き方や考え方を如実に語っているわけであり、その作家の言わんとすることは、過不足なくその作品の中で表現されていると考えられているのである。

例外があるとすれば、英文学ではシェイクスピアなどであろうか。しかし、シェイクスピアの場合は、謎に包まれた部分が多いことも否定できない。その文学者としての偉大さが劇作家自身の生涯についての研究に向かわせるものの、史料が少ないということがシェイクスピアの生涯や生活ぶりを追究する際の決定的な障害になってしまっているのである。

もちろん、文学研究の一つのアプローチとして、作家の生涯を研究するということもある。その作家の人生や私生活を詳細に調査するのである。しかし、それはあくまでも、作品をよりよく理解するための手段として行れるのである。つまり、必ずしもその作家の生い立ちや経歴そのものを研究することそのものが目的なのではなく、作家のバックグラウンドを知ることによって、その作品をより正確に理解する一助にするわけである。

一方、スコットの場合は少し事情が異なっているように思われる。そのライフスタイル、あるいは生き方というものが、一つのストーリーとして完成していて、作品研究とは違った位置に存在している、言い換えれば、作品自体から独立したところに定着している、というように考えられるのである。つまり、その生き方が一人の人間の伝記として成立しているような面を持っているわけである。実際、スコットについてのエピソードが日本の伝記シリーズの中に収められている例もある。

文学者の生涯や生活ぶりがその作品とは別に、言わば独立して存在している例が全くないわけではない。英文学に於けるその数少ない例として、先に挙げたシェイクスピアの他に、サミュエル・ジョンソンの場合を挙げることができるであろう。彼は「ジョンソン博士」(Dr. Johnson) として知られる十八世紀イギリス文壇の大御所的存在であり、そのユニークな英語辞書（*The Dictionary of English Language*）でも有名である。また、雑誌を発行したり、物語や詩などの文学作品も書いたりしている。

ただ、ジョンソン博士が現代に至るまで有名であり続けている理由は、その作品群の魅力もさることながら、その時代を代表する知識人としての魅力やその異彩を放つ人柄によるものであったと考えられる。ジョンソン博士はコーヒーハウスでの談論風発で有名であり、周りには、その豊富な学識や人を惹きつける話術、そして何と言ってもその魅力的な人間性に惹かれて、多くの人たちが集まった。ジョンソン博士の生活そのものが当時のイギリス文化の一つの象徴になっていたのである。

では、なぜジョンソン博士の生活ぶりや人柄がよく知られているのかと言えば、その友人であり崇拝者の一人であったジェイムズ・ボズウェル（James Boswell）がその『サミュエル・ジョンソン伝』（*The Life of Samuel Johnson*, 一七九一）の中でジョンソン博士の生活を詳細に記しているからなのである。因みに、ボズウェルのジョンソン伝は、伝記文学の白眉と言われている。

ジョンソン博士の場合、ボズウェルによる優れた伝記によって、その生涯や生き方などが作品とは別に後世に伝えられているわけであるが、いずれにしても文学者の生涯そのものが独立して存在しているような観のある珍しい例であるように思われる。

優れた伝記作家に恵まれたという点では、スコットの場合もジョンソン博士と同様であった。スコットの伝記は、彼の娘婿であるJ・G・ロックハート（John Gibson Lockhart）による『スコット伝』（*The Life of Sir Walter Scott*, 一八三七―三八）が有名である。これは全七巻に及ぶ膨大なものである。簡略版もあり、その翻訳も出ている。即ち、J・G・ロックハート『ウォルター・スコット伝』（佐藤猛郎、内田市五郎、佐藤豊、原田祐貨訳、彩流社、二〇〇一年）である。ジョンソン博士に対するボズウェルの場合同様、スコットの生活ぶりを身近で見ることのできた人物による詳細な伝記によって、後世の人々は、文学作品そのものとはまた違ったスコットのライフスタイルや考え方を知ることができるのである。

さらに、スコットの伝記や評伝はロックハートによるものだけに留まらず、イギリスやアメリカの多くの人々によって執筆されているのである。スコットに関するビブリオグラフィ（bibliography）を見ると、研究書以外に、スコットについて非常に多くの伝記や評伝の類が書かれ出版されていることがわかる。そして、そういった伝記や評伝のほとんどが、ロックハートの『スコット伝』に依拠していると思われる。仮にロックハートの著作がなかったとしたら、スコットについてこれほど多くの伝記類が書かれることはなかったのではないだろうか。ジョンソン博士の場合と同様に、身近なところにいた人物によって書かれた優れた伝記の存在が、決定的な要素になっているように思われるのである。

因みに、二〇〇一年に日本で『ウォルター・スコット伝』が翻訳されて以来、スコット研究が以前にも増して盛んになってきた印象を強く受ける。この傾向なども、スコットの本格的な伝記の登場によって生じたものと考えられなくもない。いずれにしても、このことは、スコットの生涯がその作品とは別に非常に興味深いものであり、十分語るに足るものであることを示している。そうでなければ、それほど多くの人たちがスコットの伝記を書くことはなかったであろう。そして、間断なく出版された伝記によって広く知られることになったスコットの生き方やライフスタイルが、欧米に於いてのみならず、日本にも影響を与え続けてきたことは、間違いない。

あとがき

大学の学部、大学院時代に英文学を専攻し、今日に至るまでずっとイギリス小説を専門に研究してきた。その中で特に私が関心を持ち続けてきたのが、スコットランドの詩人・小説家ウォルター・スコットの小説である。

その一方で、少し前から、スコットという作家が日本の文学や文化にどのような影響を与えたのか、ということにも関心を持つようになった。スコットの小説そのものの研究とはまた別に、言わば比較文学的な観点からスコットという作家を見てみたいと思うようになってきたわけである。スコットは明治期以降、盛んにわが国に移入されてきたが、残念ながらその方面の研究が十分に進んではいないというのが現状である。

本書では、スコットの受容史を概観した後、中村正直の『西国立志編』とその派生作品群、坪内逍遥、夏目漱石に焦点を当てて、日本への様々な影響を論じた。さらに、ハマトンの『知的生活』、渡部昇一の『知的生活の方法』、『続・知的生活の方法』を通して、スコットのライフスタイルの日本への影響についても考えてみた。スコットのいわゆる「二足の草鞋」に関しては、『西国立志編』に於いて既にとり上げられているので、その意味ではスコットのライフスタイルの移入の系譜は明治初年から始まっていたと言うことができる。

余談であるが、渡部昇一の著書については、筆者も学生時代から愛読し、大きな影響を受けている。筆者がスコットの作品を読み始めたのは学部の学生の時であるが、ちょうどその頃、『知的生活の方法』が出た。線を引きながら表紙が破れるまでくり返し読んだことを憶えている。

大学院に進んでしばらくすると、『続・知的生活の方法』が出た。スコットについても多く書かれているので、前著と同じようにくり返し読み、感銘を受けた。充実した知的生活を志していた自分にとって、前著同様、有益かつ明確な指針を示してくれた本である。さらに本書でもとり上げたハマトンの『知的生活』も読み、同様に刺激を受けることになった。

さて、本書では、日本に於いて、直接スコットの作品やライフスタイルなどをとり上げている著作のみを対象にした。日本の文化や文学全般についてスコットが与えた影響の細かい痕跡を検証するのは、容易なことではない。逆に言えば、それだけ日本の文化や文学に浸透したスコットの影響力が広く深いものであるということになるが、むしろシュヴレルの言うように、受容の概念を受動的な意味でではなく、動的な意味で捉えるべきなのであろう。「受容は、捕獲なのである」（前掲書、三二ページ）から。

本書で明らかになったことは、文学者スコットは、その作品群が他の作家たちに大きな影響を与えただけではなく、その伝記にまつわる部分、即ちその生涯やライフスタイルが連綿と後世に語り継がれ、それが日本に少なからざる影響を与えている、という点で、珍しい作家だということである。つまり、一人の作家として日本の作家たちに様々な影響や刺激を与えたのみならず、知的生活に関わる多くの一般の人々にも少なからぬ影響を与えてもいるのである。この意味で、スコットは逍遥や漱石といった作家たちだけではなく、知的生活を志す日本の若い人たちや知的生活に関わるすべての人たちに重要な指針を与えてきたと言うことができるのであろう。それがハマトンや渡部昇一の功績によるところが非常に大きいことは言うまでもない。

他の世界の文学者たちをみても、スコットのような例は、非常に少ないのではないだろうか。この意味で、日本との関係に於いて、世界の多くの文学者たちの中でも、スコットは独自の位置を占めていると言うことができるように思われるのである。それが世界の文学者たち自身の責任でないことはもちろんである。日本の作家の作品が世界に発信されるのも海外の翻訳者や紹介者の力によるところが大きいのと同様に、外国の文学者たちの作品や伝記的なものが日本で翻訳・紹介されるのも、それを担う人たちの力によるところが大きいのである。

スコットの詩や小説は、現代に於いても依然として独特の魅力を持っている。その中には不朽の名作も少なくない。その一方で、それらの作品を書いたスコットという作家の人間像も、その作品に劣らず大きな魅力を示しているのである。そして、その魅力は、様々な形で日本にも伝えられ、日本の文化に大きな影響を与えてきた。そして、日本人の考え方に深く浸透しているのである。スコットの作品とライフスタイルの影響は現代に於いても続いているのであり、また将来にわたっても続いていくことであろう。

なお、本書の刊行にあたってお世話になった朝日出版社の佐藤治彦氏と清水浩一氏に厚くお礼申し上げます。

【初出一覧】

●第三章　ウォルター・スコットと坪内逍遥
国士舘大学『教養論集』六〇号（国士舘大学教養学会、二〇〇六年一〇月）
●第四章　スコット『ラマムアの花嫁』と坪内逍遥『春風情話』
国士舘大学『教養論集』六二号（国士舘大学教養学会、二〇〇七年一一月）

なお、本書に収録するにあたって、注の部分を本文中に含めるなど、若干の加筆修正を施した。

第一章「ウォルター・スコット受容の歴史」、第二章「ウォルター・スコットと『西国立志編』等」、第五章「ウォルター・スコットと夏目漱石の『文学論』」、第六章「ウォルター・スコットのライフスタイルとその受容」は、すべて書き下ろしである。

【引用・参考文献】

●第一章

惣郷正明『日本英学のあけぼの』（開拓社、一九九〇年）
沼田次郎『幕末洋学史』（刀江書院、一九五〇年）
惣郷正明『洋学の系譜—江戸から明治へ』（研究社出版、一九八四年）
本間久雄「スコット移入考」（『明治大正文学研究』、第一五号、東京堂、一九五五年）
サミュエル・スマイルズ著、中村正直訳『西国立志編』（講談社学術文庫、一九八一年）
柳田泉『明治初期翻訳文学の研究』（『明治文学研究』第五巻、春秋社、一九六一年）
『丸善百年史　資料編』（丸善、一九八一年）
The Cambridge Bibliography of English Literature（Vol.4, 1800-1900, Edited by Joanne Shattock, Cambridge University Press, 1999）
高田早苗『半峰昔ばなし』（『明治大正文学回想集成』六、日本図書センター、一九八三年）
牛山鶴堂訳『梅蕾余薫』（春陽堂、一八八七年）

鈴木良平「ネイションの文学―スコット論のためのノート―」(『イギリス小説パンフレット5　SCOTT』、PENS ELEVEN発行、一九七八年)
川戸道昭・榊原貴教編『明治翻訳文学全集』《新聞雑誌編》第五巻スコット/ブロンテ集(大空社、一九九九年)
笠原勝朗『英米文学翻訳書目―各作家研究書付』(一九九〇年、沖積舎)
J・G・ロックハート『ウォルター・スコット伝』(佐藤猛郎、内田市五郎、佐藤豊、原田祐貨訳、彩流社、二〇〇一年)

●第二章

『岩波=ケンブリッジ世界人名辞典』(デイヴィッド・クリスタル編集、一九九七年)
松村昌家「セルフ・ヘルプの系譜」(『民衆の文化誌』、「英国文化の世紀四」、研究社出版、一九九六年)
高橋昌郎『中村敬宇』(吉川弘文館、「人物叢書」、一九六六)
平川祐弘『天ハ自ラ助クルモノヲ助ク：中村正直と『西国立志編』』(名古屋大学出版会、二〇〇六年)
紀田順一郎『書物との出会い―読書テクノロジー―』(玉川大学出版部、一九七六年)
中村正直訳『西国立志編』(講談社学術文庫、一九八一年)
亀井俊介「『西国立志編』の世界」(三好行雄、竹盛天勇編『近代文学1　黎明期の近代文学』、有斐閣双書、一九七八年)
本間久雄「スコット移入考」(『明治大正文学研究』、第一五号、東京堂、一九五五年)
『自助論：人生を最高に生き抜くための知恵』(竹内均訳、三笠書房、一九八八年)
川西進「『セルフ・ヘルプ』と『西國立志編』」(亀井俊介編『近代日本の翻訳文化』、中央公論社、一九九四年)
イヴ・シュヴレル『比較文学入門』(小林茂訳、白水社、文庫クセジュ、二〇〇九年)
※条野孝茂『和洋奇人傳』(東京書林、小林喜右衛門他、明治五年)
※『西国童子鑑』(中村正直訳、同人社、明治六年)
※綾部竹之助(東華)『立身談片』(井上孝助他、明治三一年)
※蓬莱裕『立身小話』(東新堂、明治三五年)
※東華山人『成功立志談』(岡林書店、「修養叢書」、明治四五年)
※駿台隠士『学生座右訓』(大学館、明治三八年)
※は、国立国会図書館「近代デジタルライブラリー」による。

●第三章
柳田泉『若き坪内逍遥』(『明治文学研究』第一巻、近代作家研究叢書、日本図書センター、一九八四年)
坪内祐三『坪内逍遥』(坪内祐三編『明治の文学』第四巻、筑摩書房、二〇〇二年)
高田早苗『半峰昔ばなし』(『明治大正文学回想集成』六、日本図書センター、一九八三年)
『逍遥選集』別冊第二(第一書房、一九七七年)
柳田泉『明治初期翻訳文学の研究』(『明治文学研究』第五巻、春秋社、一九六一年)
『坪内逍遥集』(『明治文学全集』一六、筑摩書房、一九六九年)
柳田泉『「小説神髄」研究』(『明治文学研究』第二巻、春秋社、一九六一年)
坪内逍遥『英文学史』(東京専門学校出版部、一九〇一年)

●第四章
柳田泉『若き坪内逍遥』(『明治文学研究』第一巻、近代作家研究叢書、日本図書センター、一九八四年)
本間久雄『坪内逍遥―人とその芸術―』(松柏社、一九五九年)
『坪内逍遥　二葉亭四迷集』(新日本古典文学大系、明治編一八、岩波書店、二〇〇二年)
Sir Walter Scott, *The Bride of Lammermoor* (Adam & Charles Black, 1886)
柳田泉『明治初期翻訳文学の研究』(『明治文学研究』第五巻、春秋社、一九六一年)
『逍遥選集』別冊第二(第一書房、一九七七年)
柳田泉『明治文化全集』一四「翻訳文芸篇」(日本評論社、一九二七年)
本間久雄「スコット移入考」(『明治大正文学研究』第一五号、東京堂、一九五五年)

●第五章
板垣直子「夏目漱石と英文学」(吉田精一編『日本近代文学の比較文学的研究』、清水弘文堂書房、一九七一年)
夏目漱石「私の個人主義」、『夏目漱石集』(現代日本文学全集一一、筑摩書房、一九五四年)
夏目漱石『文学論』(『夏目漱石全集』第一巻、角川書店、一九七四年)
スコット『アイヴァンホー』(中野好夫訳、「世界文学全集Ⅲ―9」、河出書房新社、一九六六年)
中野好夫「漱石とイギリス文学」(日本近代文学館編『日本近代文学と外国文学』、読売新聞社、一九六九年)

中野好夫「漱石と英文学」（『夏目漱石集（二）』、現代日本文學大系一八、筑摩書房、一九七〇年）
矢本貞幹『夏目漱石―その英文学的側面』（研究社、一九七一年）
加賀乙彦「作品論　小説の方法と「文学論」」（夏目漱石『文学論』、「夏目漱石全集」第一巻、角川書店、一九七四年）

●第六章

大和資雄『スコット』（研究社、新英米文学評伝叢書、一九五五年）
福田恆存『作家の態度』（中公文庫、一九八一年）
新村出編『広辞苑』（第二版補訂版、岩波書店、一九七七年）
ワシントン・アーヴィング『ウォルター・スコット邸訪問記』（齋藤昇訳、岩波文庫、二〇〇六年）
渡部昇一『知的生活の方法』（講談社現代新書、一九七六年）
渡部昇一『続・知的生活の方法』（講談社現代新書、一九七九年）
P・G・ハマトン『知的生活』（渡部昇一、下谷和幸訳、講談社、一九七九年）
ハマトン『知的生活』（渡部昇一、下谷和幸、解説注釈、研究社小英文叢書、一九八二年）
ハマトン『知的生活』（渡部昇一、下谷和幸訳、講談社学術文庫、一九九一年）
福原麟太郎、吉田正俊編『文学要語辞典』（研究社出版、一九七八年）
The Oxford Companion to English Literature, Edited by Paul Harvey, Fourth Edition, 1967
J・G・ロックハート『ウォルター・スコット伝』（佐藤猛郎、内田市五郎、佐藤豊、原田祐貨訳、彩流社、二〇〇一年）
木村正俊、中尾正史編『スコットランド文化事典』（原書房、二〇〇六年）

著者紹介
貝瀬 英夫（かいせ　ひでお）
1955年、神奈川県生まれ。
1981年、早稲田大学大学院文学研究科
英文学専攻博士前期課程修了。
現在、国士舘大学法学部教授。
専門は19世紀イギリス小説。

日本の中のウォルター・スコット
——その作品とライフスタイルの受容

2013年4月10日　初版発行

著　者　貝瀬英夫
発行者　原　雅久
発行所　株式会社　朝日出版社
101-0065 東京都千代田区西神田 3-3-5
電話 (03) 3263-3321(代表)
印刷・製本：図書印刷株式会社

ISBN978-4-255-00710-6 C0098